島上的旗幟

A Flag on the Island

諾貝爾文學獎得主　V.S.奈波爾　劉韻韶 —— 譯

V. S. Naipaul

導讀

石中劍，島上旗，一條街，一場選舉：奈波爾的諷刺寫實小說

張錦忠（國立中山大學外文系副教授）

瑞典學院因韋・蘇・奈波爾（Vidiadhar Surajprasad Naipaul, 1931–）的作品「結合了觀察入微的敘事與不屈不撓的窮究精神，迫使我們正視被壓抑的歷史的存在」而將二〇〇一年的諾貝爾文學獎頒給他。說奈波爾的《在自由的國度》（*In a Free State*）、《游擊隊》（*Guerrillas*）、《大河灣》（*A Bend in the River*）、《世間之路》（*A Way in the World*）等小說或「印度三部曲」等非小說挖掘了「被壓抑的歷史」，可以說是恰如其份，不過書寫歷史——尤其是被壓抑的歷史——難免令人覺得是「難以承受之重」，殊不知奈波爾的小說另有其滑稽、諷刺、詼諧的一面。

一九五四年五月，來自千里達的印裔青年奈波爾還在牛津，他在致母親家書中寫道：「我不認為自己適合過千里達人的生活了。如果要我在千里達度過餘生的話那會要我的命。那地

方太小了，那裡的價值觀都是錯的，那裡的人小鼻子小眼睛。」一年後，他寫信給姊姊甘拉（Kamla Naipaul）說：「我要當作家，要闖出名堂來。我就知道。我的未來一切都押在這上頭」。一九五五年一年內他就寫了兩、三本書稿，包括那本一九五七年出版的《神祕的推拿師》（*The Mystic Masseur*），他的第一部長篇小說。這部長篇讓他圓了作家夢，小說講一個魯蛇鄉村教師改當推拿師後攀龍有術，躋身成功人士行列的可笑故事。

其實，奈波爾想出版的第一本書不是《神祕的推拿師》，而是家書裡頭提到的《米格爾大街》（*Miguel Street*）。那是一本收入十七個短篇故事的集子。安德烈・德意志（André Deutsch）出版社表示有興趣出版，但對一本新人的短篇集的銷路沒把握，奈波爾在七周之內著手寫個長篇，編輯讀了前三章後決定先出這本題為《神祕的推拿師》的長篇，然後才出短篇集。不過，《米格爾大街》要等到一九五九年才面世，奈波爾的第二本書還是一本長篇小說。

這本在《神祕的推拿師》與《米格爾大街》之間殺出的程咬金，就是一九五八年出版的《艾薇拉投票記》（*The Suffrage of Elvira*）。這是一本政治小說，奈波爾對選舉活動與民主政治冷嘲熱諷，頗有「國族寓言」的意味。一九五八年，千里達成為自治邦，四年後才脫殖獨立。奈波爾在一九五七年就寫了這本小說。小說將時間提前到戰後的一九五〇年初夏，背景則設在「艾薇拉」區（「艾薇拉莊園」的簡稱，象徵千里達的封建歷史）。在艾薇拉山頂「可以將千里達最美的景致盡收眼底」，但是小說中的候選人之一印度教（Hinduism，或譯為「興都教」）徒哈本（Surujpat Harbans）「才不在乎什麼風景」，勝選才是他「此生頭一遭參選」的目的。

但是「乾瘦、羞怯、病懨懨……灰髮稀薄，鼻子細長」的哈本並非小說的主人翁。奈波爾所刻畫的哈本不安、焦慮、心不在焉、低頭、急躁，哀傷，是個不快樂的候選人。他有自己的採石場，屬於「地方勢力」，在選舉過程中不停撒錢喬事，當選後立馬拒絕再來艾薇拉。另外兩個候選人，一個是老纏著人問要「石頭或者聖經？」的牧師，一個是「很會賺錢」的裁縫巴克希，他也是穆斯林領袖，挾關鍵少數票再三向哈本索賄，在提名日加入選戰純粹是攪局。

奈波爾這本小說的真正「主角」是「艾薇拉」及這裡的居民。他們信仰不同的宗教，膚色各異，口操各種方言，這些人的愚昧、迷信、貪婪、頑固等種種人的劣根性在一場選舉中顯露無遺。「在艾薇拉，每件事都瘋狂地夾纏不清」，哈本無意中遇見的「兩個白人女子和一條黑狗」居然可以傳說成攸關選舉勝敗的徵兆，死雞死狗都可以繪聲繪影成有人行巫術作法。選舉結果，一如眾人所料，抱怨「每個人都想收賄」的哈本如願當選艾薇拉區國會議員，可是他離開選區前的最後一句話是：「艾薇拉，你是個爛貨，」而小說前一章的回目卻是「民主在艾薇拉生根」，奈波爾簡直是極盡挖苦諷刺之能事。很難想像，一九五七年，奈波爾才不過二十五歲，竟然就將故鄉政治看得如此透澈，故而借事託諷，寫出《艾薇拉投票記》這樣的「第三世界文本」來。

《艾薇拉投票記》出版那一年，《神祕的推拿師》獲得英國的約翰．樂維林．萊斯獎

（John Llewellyn Rhys Prize）。次年，《米格爾大街》出版（後來也獲頒毛姆獎〔Somerset Maugham Award〕），顯然奈波爾的小說家的身分已備受肯定。米格爾街是千里達首府西班牙港的路易士街化名，也是他的故居所在。他以寫實的筆觸敘事憶往，透過小男孩的眼光，講述街頭巷尾的畸人故事，書中人物亦多真有其人。小城大街的市井庶民故事多，米格爾街上的人事是非，《米格爾大街》沒講完的，《島上的旗幟》（*A Flag on the Island*）中的說書人繼續敘說。不過奈波爾出版這本小說集，已是《米格爾大街》出版八年後的事了。在兩個集子中間，奈波爾出版了兩本長篇（包括《史東先生與他的騎士夥伴》〔*Mr. Stone and the Knight Companion*〕）與兩部遊記。

《島上的旗幟》收入十個短篇和一個中篇。這些短篇多詼諧幽默，《艾薇拉投票記》裡頭所挖苦與諷刺的愚昧、迷信、貪婪、頑固、狡詐等人性惡質，這裡也不遑多讓。奈波爾的「神祕的推拿師」甘尼許在〈我的姑媽金牙〉中再次現身（他在《艾薇拉投票記》中也呼之欲出），為迷信的金牙指點迷津。金牙身為印度教徒卻到基督教堂祈禱，祈求自己能夠生育。丈夫染病卻被餵以甘尼許開的香灰，後來敍說者的祖母把金牙的丈夫關在不透風的暗室養病，於是病人很快就過世了。

這十個短篇中不少是死亡紀事或預知死亡紀事。除了〈我的姑媽金牙〉之外，〈弔唁的人〉、〈敵人〉、〈小綠和小黃〉都寫死亡，〈心臟〉也籠罩著死亡的陰影。不過奈波特書寫傷逝之情，頗能做到哀矜而不過度悲戚。〈弔唁的人〉裡頭看過逝者相簿的人「不忍心說看過了」，〈敵人〉裡的敍說者兒子描述父親之死：「他永遠不會知道，因為就在我要表演給他看的那個晚上，他死了。」〈小綠和小黃〉中的小綠、小黃和小藍都是小鸚哥，小藍因腳受傷而失寵，主人將籠子放到室內不起眼處。反諷的是，備受關愛的小綠與小黃死了，小藍仍然存活。〈心臟〉裡的男孩哈利心臟不好，養了小狗來福後則害怕失去牠，然而有一天，他不在家時來福還是發生了意外。

另外三篇故事屬於滑稽、諷刺、惹笑類，但世故而充滿趣味。〈抽獎〉裡的少年敍說者就叫維迪亞達．奈波爾，住在米格爾街，他的小學老師生財之道就是替學生補習與抽獎——獎品是一隻只會吃東西的山羊。〈夜班警衛的事件簿〉裡的夜班警衛在聯絡簿上與上司經理言辭交鋒，突顯了階級、教育與種族問題。從兩人留言的語氣與語域，不難看出作者對官僚主義的調侃與批判。〈麵包師傅的故事〉可以視為奈波爾的「亞美文學」文本。小說裡頭那位格瑞那達來的黑人自嘲「黑得跟煤炭一樣」，卻是西班牙港最有錢的人之一。他靠開麵包店發跡，但進入自己的店鋪時只能走後門（不過去銀行卻神氣地走大門），所開的麵包店也得假裝是由華人經營，後來乾脆娶個華裔妻子。

〈完美的房客〉當然也是奈波爾的反筆。從房東的勢利與算計，房客之間的爭寵，到房東與房客之間的爾虞我詐，都很難用「完美」來形容，對人際關係的諷刺尤其深刻，讀來別有趣味。另一個短篇〈聖誕故事〉裡的印度教徒改奉基督教，試圖改變自己的各種習俗，後來被任命為校長，娶了督學的女兒，老來得子，退休而不甘寂寞，後謀得學校董事一職，但在聖誕佳節來臨中對預知的失敗深感不安……。最後是典型奈波爾式的諷刺——就在他進退維谷時，小說家安排的「天降神兵」（deus ex machina）替他解決了難題，審計部的督察不來了，但他卻無法自我救贖，當個好教徒。〈聖誕故事〉其實是敍說者的「告白錄」。

書中的中篇〈島上的旗幟〉其實是另一個版本的《艾薇拉投票記》。如果說《艾薇拉投票記》質疑的是美式或英式的選舉與民主制度，〈島上的旗幟〉則是對美國的批判。小說寫於一九六五年，千里達獨立不過三年，離豬灣事件還沒有太久，美國人接手法國介入越戰，在二戰期間，千里達有美軍在那裡駐軍，戰後順理成章成為冷戰防線之一，也是「南向」的前線，自有其戰略地位。千里達人在獨立後依然處於英國殖民主義與美國冷戰戰略的網絡之下，面對跨國—殖民—資本主義的入侵自也無力抗拒，就像小說中來去自如的颶風一樣。這篇小說分為現在／過去／現在三部，結構明晰，一如殖民／後殖民／新殖民的歷史脈絡。法蘭克因颶風而重履他過去駐留的島嶼，但見島上的海關大樓上旗正飄飄，但是他沒有見過那面旗。對他來說，「這島嶼曾經是沒有旗幟的」。他問計程車司機「米字旗」呢？「他們拿走了，送來這個。」他答道。在法蘭克的記憶裡，這個無旗的島嶼「是個漂浮的、在時間裡停格、沒有依歸的地方」。島嶼已是懷舊的地方了。

然而，對島上的居民來說，尋找自己的身分認同與文化屬性，書寫在地的歷史也有其困境，法蘭克說這個島要「憑自己的力量崛起」，其實談何容易。奈波爾一針見血地將小說中的在地作家命名為「布萊克懷特」（Blackwhite），一個長了「一張痛苦扭曲的臉」的土著。「布萊克懷特」當然是「黑白」混雜的意思。但是這個在地作家卻仿擬十九世紀英國小說的風格，希望得到美國出版社的青睞，結果屢遭退稿。而法蘭克建議他書寫島上的人與事，也同樣被退，後來他領悟，「我們需要的是自己的語言，我想用我們自己的語言寫東西。」於是搞起方言教學來。日後他成了作家，其中一本書的書名就叫《我恨你：尋找身分的男人》。顯然奈波爾這裡是在諷刺太狹隘的本土化思維，追尋身分認同到頭來卻追尋到恨。

《島上的旗幟》中的短篇〈聖誕故事〉後半篇已是個「退休故事」，次年的長篇《史東先生與他的騎士夥伴》似乎是奈波爾意猶未盡，於是大書特書這個中老年危機題材。不過，《史東先生與他的騎士夥伴》首先是篇「戲擬」（parody）之作，以中世紀傳奇故事亞瑟王與圓桌武士為戲擬對象（小說中也有一把石中劍「艾克斯可之劍」，也有圓桌晚宴，「史東」也是「石頭」的意思）。六十二歲、單身的理查·史東先生在艾克斯可公司工作了三十多年，已屆退休之齡，每天刮鬍子時都在觀察房子後方校園內那棵樹，樹葉枝幹的枯榮彰顯了時間流逝與季節消長，「幫助他確認時光從未斷裂」，「光陰仍在流動、經驗仍在累積，過去也愈來愈漫長。」後來，在那棵樹冒出新芽的春天，他娶了瑪格麗特。

不過，時光連續流動也是弔詭的現象：他離退休的日子日近。而在這個焦慮不安的時候，「史東先生與他的騎士夥伴」的新方案應時而生，年輕的專業經理人溫珀成為他的工作夥伴，以執行這個退休人員拜訪退休人員的關懷計畫。史東先生的「騎士夥伴計畫」頗為成功，人生再度攀上高峰，溫珀也成為他的騎士夥伴。但是「飛逝光陰快速侵蝕他的人生」，時光無法留住，不久兩人關係生變，史東在公司的職位漸漸無足輕重，小說結束時，史東先生走在倫敦街上，擠上公車，回到家，上樓，等瑪格麗特回來。《史東先生與他的騎士夥伴》是奈波爾的「英國小說」，史東先生就是來自殖民地的三十歲小說家眼中的帝國縮影。

從一九五七到一九六七那十年是奈波爾小說寫作生涯的第一階段。《史東先生與他的騎士夥伴》、《島上的旗幟》都可歸入這階段的作品。這些文本熔滑稽、諷刺與寫實於一爐，屬於十九世紀英國小說的「諷刺寫實」（satirical realism），難怪當年《神祕的推拿師》出版後就有書評家說奈波爾的角色像狄更斯的人物般生動。詼諧故事固然有其娛人之處，不過，讀者如在會心一笑之餘，多思考一下作者毫不留情地嘲笑的對象的生存處境，應該也會有所領悟。就像史東先生一樣：是的，「環繞他的世界曾經崩塌，但他活下來了。」二〇〇二年，《史東先生與他的騎士夥伴》、《島上的旗幟》跟《艾薇拉投票記》合成一集，題為《夜班警衛的事件簿及其他詼諧小說》（*The Night Watchman's Occurrence Book and Other Comic Inventions*）重新出版。

致黛安娜·阿西爾（Diana Athill）

目次 Contents

我的姑媽金牙

My Aunt Gold Teeth

我從來不知道她的本名，總是聽別人喚她「金牙」，但她極有可能另有一個本名。她的確有金牙。共有十六顆。她嫁得早，也嫁得好，她一結婚就把那些原本完美的牙齒換成了金牙，只為昭告世人她丈夫的富裕闊綽。

即使沒有那口金牙，我姑媽還是讓人無法忽視她的存在。她很胖，又很矮，頂多一百五十公分高。如果只看剪影，你根本很難分辨她是側面還是正面朝向前方。

她吃得少，時常禱告。她的家族信印度教，她先生是班智達[1]，她本人也是正統的印度教徒。對於教義，除了儀式和禁忌之外她所知不多，但對她而言也足夠了。金牙視神祇為力量，而將宗教儀式視為駕馭神力以產生利益的途徑，為了她所希求的實際利益。

或許我這麼說會讓讀者以為金牙姑媽禱告是為了祈求自己能瘦一點。事實上金牙已經年近四十，卻未能生育，這是真正令她煩惱的事，她祈禱這加諸她身上的詛咒能消失。她願意嘗試任何方法——任何儀式或祈禱——只為能獲得那超自然的力量並運用它。

也正因為如此，她甚至開始偷偷摸摸沉溺於基督教的儀式中。

她那時住在卡洛尼縣境內一個叫做克努皮亞的村子裡。當地的加拿大傳教士早就鎖定印度異教徒猛攻，許多人因此信了基督教。克努皮亞的牧師竭盡身為長老教會的每一分虔誠來說服她，教會學校的校長也是如此。但他們都是白費力氣。金牙從不曾想過要改變信仰，她根本完全沒動過這個念頭，光想到都令她驚駭。她父親當年是數一數二的班智達，現在她丈夫也是一樣，他能讀寫梵文，名聲遠播克努皮亞村之外。她一直堅信信奉印度教的印度人是世上最好的人，而印度教是高人一等的宗教。她願意選擇、調整，或將一些古怪的行為融入原本的信仰中，但要她背棄她的宗教，想都別想。

長老教會並非這些信奉印度教的好人在克努皮亞得面對的唯一危機，除此之外，一直公開挑釁的穆斯林絕對是個威脅。還有天主教徒也得算上一份，他們到處發傳單，躲都躲不掉。金牙在裡面讀到了「九日敬禮」和《玫瑰經》，還有聖人和天使，這些是她能理解，或甚至同情的部分，並且也促使她做進一步的探究。她讀到了那些奧跡和奇蹟，讀到了贖罪和赦免，她原本的懷疑開始動搖，取而代之的是高昂的興致，儘管仍帶著幾分不情願。

這天早晨，她搭火車去三英里外的察瓜納斯城，坐了兩站，二十分鐘。聖菲利浦和聖詹姆士教堂宏偉莊嚴地矗立在卡洛尼薩凡納路的盡頭，雖然金牙對察瓜納斯城已經很熟，但她對教堂的瞭解最多只有它有口鐘在上頭，那還是她要去車站搭火車的路上瞥到的。在這之前，她對教堂對面那座了無生氣的赭色大樓還比較感興趣，那是警察局。

她走進教堂的院子裡，自己都被自己的蠻勇魯莽嚇到，感覺簡直像是個闖進食人族禁地的

1 編註：來自梵文的宗教用語，在印度教中指熟悉印度教經典和儀典者。

探險者。還好教堂裡空空蕩蕩，沒有原本想像的可怕。那些鍍金、雕像和華美的服飾竟然讓她想起她的印度教堂。她注意到一行不起眼的小字：蠟燭兩分錢一支。她解開面紗的暗袋，取出三分錢丟進箱子裡，接著拿起一支蠟燭，並以印度斯坦語唸了一段祈禱文。短暫的欣喜很快就被罪惡感取代，她突然焦急起來，迫不急待要以最快速度移動她那龐大的身軀離開這間教堂。

她搭巴士回家，把那支蠟燭藏進衣櫃裡，她有點怕被丈夫婆羅門獨有的第六感看穿她去察瓜納斯城的目的。四天過去了，她一直沉浸在虔誠禱告的喜悅中，他丈夫什麼都沒說，金牙心想把蠟燭拿出來點上應該沒問題了。晚上她在印度教神像面前偷偷點燃蠟燭，認為如此應該可以發揮雙倍祈禱的效力。

她的宗教分裂症日益嚴重，現在她開始戴十字架了。她的丈夫和鄰居都沒有發現。那鍊子隱沒在她頸項上巨浪般的肥肉間，十字架則埋藏在她的巨乳之間。接著她弄來兩張基督教的畫像，一張是聖母瑪利亞，一張是耶穌受難像，並且小心瞞著她丈夫。對著這些基督教的物事祈禱為她帶來新的希望和歡樂。她對基督教著迷了。

然後，她的丈夫蘭普拉薩生病了。

蘭普拉薩突發而無法解釋的病症讓金牙心頭一驚，她知道這不是普通的病，她也知道，是她宗教上的變節導致的。察瓜納斯當地的醫務官說是糖尿病，但金牙心裡更清楚。安全起見，她還是用了醫生開的胰島素，但為了雙重保障，她諮詢了班智達甘尼許，他是個神祕的按摩師，也被尊為信仰治療師。

甘尼許一路從奔泉林趕來卡努皮亞。他滿懷謙遜地趕來，急於為金牙的先生效力，因為金牙的先生可是婆羅門中的婆羅門，一位潘岱[2]，一個通曉五部吠陀的博學者；而他，甘尼許，只是一個喬貝，僅熟四部。

穿著潔白無暇的庫塔[3]，謹慎繫好他的腰布，一條有穗的綠色圍巾帶出優雅，甘尼許渾身散發職業靈療師的自信。他看著病人，觀察他蒼白的臉色，嗅聞空氣。「這個人，」他說，「被附魔了。身上有七個惡鬼。」

他說的話，金牙心裡完全有數。她打一開始就知此事與邪靈有關，但她很高興甘尼許弄清楚數量。

「但你不用擔心，」甘尼許補充道，「我們會『綑綁』這屋子——用結界——所以沒有邪靈進得來。」

然後，問都沒問，金牙拿出一條毯子，折好，放在地板上，請甘尼許坐在上頭。接著，她替他拿來一黃銅罈的乾淨水，一片芒果葉，和一盤燒旺的木炭。

2 譯註：為印度婆羅門裡的高貴姓氏。
3 譯註：一種有點合身的寬鬆棉上衣，長袖，現在多有立領，而且長度在膝上或者稍微過膝。

「替我拿些酥油來。」甘尼許說。一等金牙辦妥，他便開始工作。口中喃喃唸起印度斯坦語，他用芒果葉沾黃銅罈裡的水，灑在他周圍。然後又把酥油拿到火上融化，木炭發出的嘶嘶響如此尖銳，金牙都聽不清他口中的禱詞。現在他站起身，並且說，「你得取些這火裡的灰燼，放在你丈夫的額頭上，如果他不讓你這麼做，你就混在他的食物中。這罈裡的水絕不能倒掉，並且每晚都要擺在你的正門前。」

金牙把面紗掀到前額頂。

甘尼許咳了幾聲。「就這樣，」他說，同時調正他的圍巾，「我只能做到這裡，剩下的神會完成。」

他拒絕收費。他說，卑微如他，竟能替蘭普拉薩班智達效力，就已經夠榮耀了，而她，金牙，是被命運選中，才能嫁給如此一個可敬之人。甘尼許讓此話聽起來深具權威，因為這是他對命運和其計畫的直接感知。金牙的一顆心——埋藏在數英吋厚會朽爛的鬆軟皮肉下——往下沉了沉。

「爸爸，」她猶疑地說，「可敬的父親，我有點事兒想跟你說。」但她說不出口，看見這情形，甘尼許眼底浮現溫暖慈愛。

「我的孩子，什麼事呢？」

「我犯了很大的錯誤，爸爸。」

「什麼樣的錯誤呢？」他問，而且一副金牙不可能做壞事的口氣。

「我向基督徒的東西祈禱。」

出乎金牙意料之外，甘尼許竟然滿臉仁慈地咯咯笑起，「你覺得神會介意嗎？女兒？世上只有一位神，而不同的人以不同的方式向祂祈禱。你用什麼方式祈禱並不重要，只要你祈禱，神就高興。」

「所以我丈夫生病不是因為我的關係？」

「不，女兒，當然不是。」

由於甘尼許的專業背景，他經常接受各種信仰者的諮詢，而且憑藉他在超能力上的特許權，他利用印度教的包容性，替所有信仰留下一席之地。如此他才能擁有許多客戶，如他所形容的，許多滿意的客戶。

此後，金牙不僅在蘭普拉薩蒼白的額頭上糊滿甘尼許囑咐的聖灰，也在他的食物裡摻進一些。蘭普拉薩的胃口——儘管原本病中，依然大得驚人——開始變小；沒多久他開始明顯且令人擔憂地變衰弱，這讓他的妻子大感不解。

她餵他吃更多的灰，當灰用完了，而蘭姆拉薩也危險地瘦削不堪時，她使出印度教妻子最後的法寶。她帶著她的丈夫回娘家找她母親。這位年高德劭的夫人，我的祖母，與我們一起住在西班牙港。

蘭姆拉薩高而且骨瘦如柴，他的臉色灰白。曾經闡述上千神學要義，並背誦上百往世書的雄壯聲音，如今卻成抖顫的低語。我們把他關進一間叫食品室的房裡。

這名字叫得古怪。因為從來沒當成這樣的空間使用過，只能假定近四十年前，建築師是如此設計的。如果想進入食品室，只要你一打開門，就非得爬上床不可；那床能擺進這房內還真是個奇蹟。下半面的牆是水泥的，上半面則是細密的窗櫺；沒有窗戶。

我的祖母懷疑此房是否適合安置一名病人。她很擔心窗櫺的部分。它透氣又透光，如果她能做些處置，蘭姆拉薩就不會因此而死。於是她在窗櫺上加了硬紙板、油布和帆布，窗櫺便不再透氣透光。

而且，想當然爾，不出一週，蘭姆拉薩的胃口就恢復了，一如往常地貪得無厭而且老是嚷餓。我祖母認為這全該歸功於她，儘管金牙覺得她所餵食的灰並非全然無效。然後她驚恐地發現，她忽略了一件重要的事。在卡努皮亞的家已經布了結界，因此沒有任何邪靈可以進入，但城裡的屋子並未受到此等保護，任何邪靈可以隨意進出。事態緊急。

不再考慮甘尼許，由於上回他不肯收費，讓金牙不可能再叫他來。但想起甘尼許，便連帶想起他說過的話：「你用什麼方式祈禱並不重要，只要你祈禱，神就高興。」

然後，為什麼不，再讓基督信仰發揮作用？

這回她不想冒險。她決定告訴蘭姆拉薩。

他靠坐在床上，正在用餐。當金牙打開門，他停下來，在不習慣的光線裡眨眨眼。金牙走進門口，把門口堵住，房內再次變暗，他又繼續吃。她把掌心放在床上，床發出嘎吱響。

「夥計。」她說。

蘭普拉薩繼續吃。

「夥計，」她操著英語說，「我在想要去教堂祈禱。世事難料，最好謹慎一點，以防萬一。畢竟，這屋裡沒有結界——」

「我不想要你去任何教堂祈禱，」他低聲說，用英語。

金牙只好做她唯一能做的事，她開始哭。

連續三天，她都跑來徵求他的許可，讓她去教堂，而在她的淚眼之前，他的反對也逐漸無力。而且，此刻的他，也虛弱得無法反對任何事情。雖然他的胃口已經好轉，他依舊病得非常重，而且非常衰弱，而且每一天，他的情況都變得更糟。

第四天他對金牙說，「好吧，去教堂對耶穌祈禱，假如那能讓你的心平靜些。」

於是金牙立刻出發尋找她心靈的平靜。每天早上，她都搭電車前往玫瑰聖母堂，祕密做她的敬禮。然後她大膽地帶回一個十字苦像和一張聖母瑪利亞和彌賽亞的畫像。我們都多少有些憂心，但我們都很清楚金牙的宗教狂熱；她的丈夫是博學的班智達，而且畢竟這是攸關生死的非常時期。所以我們只能袖手旁觀。現在香、樟腦和酥油日日在黑天和濕婆神，瑪利亞與耶穌的畫像前燃燒。金牙對宗教的胃口與她丈夫對食物的需索一樣大，兩者無論如何都讓我們驚異，因為不論祈禱或者食物，似乎都對蘭姆拉薩沒有任何作用。

一天傍晚，鐘敲、鑼響，法螺也吹過不久後——表示金牙姑媽的隆重祈禱差不多進入尾聲——屋裡突然傳來一片哀哭聲，我被叫喚到充作祈禱室的房間裡。「快來，你姑媽出不得了的事了。」

祈禱室依舊瀰漫著焚香的煙霧，景象因而顯得離奇。在印度教神壇前，金牙臉朝下地趴倒在地上，僵死如一袋麵粉。我從來只見過金牙站或坐著，金牙俯臥的樣子，如此新鮮，如此怪誕，令人憂心。

我的祖母，生性愛大驚小怪，彎下腰，拽著她一隻耳朵，把上半身拉起，「我好像沒聽見她的心跳。」她說。

我們全都多少有些害怕。我們試著把金牙抬起，但她沉重如鉛。然後，慢慢地，那身體開始抖顫。衣服下的肥肉開始漣波輕蕩，接著是巨浪翻滾，房裡的孩童尖叫得更大聲。我們所有人本能地往後站，等著看接下來會怎樣。金牙的一隻手開始重搥地面，同時她開始發出咯咯聲。

我祖母懂得這情形，「她被附身了。」她說。

「附身」這字眼，讓孩童們尖叫得更大聲，我的祖母摑他們讓他們安靜。咯咯聲慢慢變成有恐怖抖音的話語，「萬福瑪利亞，萬福羅摩，」金牙說，「蛇在追我。到處都是蛇。七條蛇。羅摩！羅摩！滿被聖寵。七個邪靈，搭四點火車離開卡努皮亞，往西班牙港來。」

我祖母和我母親急切地聽著，她們的臉上閃耀著驕傲。這場景卻讓我有些難為情，而且我很氣金牙把我牽扯進這種驚嚇狀態中。我朝門口走去。

「正打算要走的那人是誰？那個年輕的卡發爾[4]是誰，不信的人？」那聲音唐突地問道。

「小子，快回來，」我祖母低聲說，「快回來，向她道歉。」

我照做了。

「沒關係，孩子，」金牙答覆，「你不懂，你還小。」

然後那靈似乎離開她了。她扭動地坐起身，奇怪我們為何全在那兒。接下來的整個晚上，她舉止一如以往，彷彿什麼事也沒發生，而且她佯裝沒發現每個人看她的眼神，和對她的態度中，都帶著股不尋常的尊敬。

4 譯註：即卡菲爾，源自阿拉伯語，是伊斯蘭教徒對異教徒的蔑稱。

「我老這麼說，而且我還要再說一次，」我祖母說，「這些基督教徒都是非常虔敬的人。所以我才鼓勵金牙向基督教的那些玩意兒祈禱。」

*

蘭普拉薩第二天一大早就死了，因此我們可以接在一點的地方新聞播報後，在收音機上發訃聞。雖然穿插在商業廣告之間，蘭普拉薩的死訊卻是唯一的一則訃聞，因此效果不錯。我們當天下午就把他埋進馬庫拉普公墓。

一等我們回到家，我祖母便說，「我老這麼說，而且我還要再說一次：我不喜歡這些基督教的玩意兒。要是你有聽我的，沒跑去追逐這些基督教的玩意兒，蘭姆拉薩會好起來的。」

金牙嗚咽地表贊成；當她懺悔她與基督教非法勾結的整個過程時，她的身軀又抖又搖。我們吃驚且羞愧地聽著。我們不知道一個好印度教徒，我們家族的成員，竟能墮落到如此地步。金牙捶胸，並且白費力氣地扯著她的長髮，乞求原諒。「都是我的錯，」她哭喊，「我自己的錯，媽。我因為一時軟弱才走錯路，然後我就是無法自拔。」

我祖母的恥辱感轉為憐憫，「沒關係啦，金牙。或許非這樣不可才能讓你清醒。」

當晚金牙鄭重其事地把家裡所有與基督教有關的東西全毀了。

「現在如果沒有孩子可以照顧你，」我祖母說，「你也只能怨自己。」

——一九五四

抽獎

The Raffle

在千里達，小學教師的薪水並不高，但他們准你盡情地揍學生。我的老師韓德先生，是個很會揍人的人。書架上，在《英倫末日》下面，他放了四到五根羅望子枝，用來打人很痛；它們柔軟有彈性，打下去會刺痛，而且耐用。校園裡就有棵羅望子樹。韓德先生還在他的置物櫃裡放了條皮帶，泡在每個班級都備有的一桶水裡，預防火災。

如果韓德先生不是這麼年輕，長著這麼副運動員體格，情況可能好些。在我去觀看的一場學校運動會中，我看見他脫掉他晶亮的鞋子，把褲管整齊地捲到小腿一半，漂亮贏得教師的百碼賽跑。一根菸叼在嘴邊，他的領帶瀟灑地迎風拍打在他的肩上。那是條酒紅色的領帶：韓德先生很在意他的服裝。不知怎麼地，這是另一個替恐怖加分的元素。他穿著棕色西裝，奶油色襯衫，打著酒紅色領帶。

謠傳他週末都喝得很兇。

不過韓德先生也有弱點。他很窮。我們知道他會替學生「補習」，是因為他需要額外的錢。他會利用早上十分鐘的下課時間幫我們補習。每個男孩必須繳十五毛錢，如果有人不繳，他還是留下和我們一起上課，不過會被揍到繳錢為止。

我們還知道韓德先生在莫爾凡有分到塊地，他在那裡圈養了些家禽和動物。

其他的男孩同情我們，但我覺得很多餘。韓德先生雖然揍我們，但我相信，我們全都有些以他為榮。

我說他揍我們，但此話並不精準。因為某些當年的我從未搞懂，現在也不懂的理由，韓德先生不曾揍過我。他從沒叫我清過黑板，他從沒叫我用抹布擦亮他的皮鞋。他甚至都只叫我的姓，維迪亞達。

這對我和同學的相處毫無好處。打板球時，我不准投球，也不能當守門員，而且永遠是十一號，最後一個進場打擊的人。我的安慰是只在這學校讀了兩學期，後來便進入皇后皇家中學就讀。我不想念皇后皇家中學的程度，和我想逃離奮鬥（這學校的名字）的程度一樣強烈。韓德先生的疼愛讓我感到不安全。

一天早上的補習課裡，韓德先生宣布他要提供一隻山羊做為抽獎獎品——一先令抽一次。他說這話時一臉正色，因此無人敢笑。他要我在兩張大頁紙上寫下全班男孩的名字。想以一先令試運氣的男孩，在他們的名字後頭打個勾。到補習結束之前，所有名字後頭都打了勾。

我變得很不受歡迎。一些男孩不相信真有山羊。他們都說就算真有這隻山羊，他們也猜得到誰會是得主。我希望他們沒說錯。我一直想擁有一隻自己的動物，而且從自己的羊身上擠奶喝的想法很令我著迷。我聽說千里達的一英里賽跑冠軍曼尼．拉姆強恩，都是靠羊奶和堅果來作訓練。

第二天早上，我把所有男孩的名字寫在紙條上做成鬮。韓德先生借用我的制服帽，把鬮放入，抽出一個，說，「維迪亞達，山羊是你的，」隨即把紙鬮扔進廢紙簍。

午餐時我跟我母親說，「我今天贏得一隻山羊。」

「哪種山羊？」

「我不知道，我沒見過。」

她笑了。她也不信真有那頭山羊。但笑完後她說，「無論如何，都很不錯。」

我也漸漸不相信真有那隻山羊了。我不敢問韓德先生，但一、兩天後，他說，「維迪亞達，你到底要不要來帶走你的山羊？」

他住在森林溪的一間破爛木屋裡，我到他家時，看見他穿著卡其短褲，背心，和藍色帆布鞋。他正在用一條黃色的法蘭絨巾擦他的腳踏車。我被這景象驚得說不出話，我從未把他和這樣的穿著，和這樣卑微的勞動工作聯想在一起。但他的態度比在課堂上更嘲諷，更不可親。

他領我到後院。真有隻山羊。一隻長著大角的白色山羊，綁在一棵梅樹上。樹周圍的地面很髒。山羊看起來氣呼呼的，而且睡眼惺忪，彷彿有點被自己發出的氣味給薰昏了。韓德先生邀我輕撫山羊，我輕撫牠。牠閉上眼睛並且繼續咀嚼。當我的手停止撫摸，牠張開眼睛。

每天下午五點左右，都會有個老人駕著台驢車經過我們住的米格爾街。驢車上堆滿新鮮的草，一小綑一小綑地整齊綁好，整齊到讓你覺得這草不是地上長出來的，而是在某地的工廠製造出來的。對我母親和我來說，那台驢車變得重要起來。我們一天買個五綑，有時候是六綑，而每綑要價六毛。山羊沒有變化，牠依然看起來氣呼呼的，而且很百無聊賴。韓德先生偶爾會微笑地問我山羊如何了，我說牠很好。但當我問我母親我們何時才能喝到羊奶時，她叫我別火上加油。然後有一天，她豎起一個牌子：

公羊出租
意者內洽

我很生氣，跑去找我媽要求解釋。

這牌子並未讓情形有所改變，我們繼續買捆得很整齊的青草，山羊吃了，我還是沒看見奶。然後有天我午餐放學回家，卻不見山羊蹤影。

「某個人借走了。」我母親說。她一臉開心狀。

「牠什麼時候回來？」

她聳聳肩。

牠當天下午就回來了。我才拐入米格爾街上，便瞧見牠站在我們屋前的人行道上。一個我不認識的男人死抓著套在牠脖子上的繩索，正在大吵大鬧，空著的那隻手極其激動地揮舞著。我看過這種人，不讓他把話吼完，是不會鬆開繩子的。許多人都隔著窗簾在看。

「你們這些人怎麼都這麼欺負窮人？根本是搶劫。」他咆哮著說。他轉向他窗簾後的觀眾。「你們這些人看看，好生看看這頭山羊！」

山羊依然故我地無動於衷，慢慢嚼著，雙眼半閉。

「你們這些人怎麼全這麼愛佔便宜？我的兄弟蠢，他不懂山羊，但我懂。從艾卡科斯到馬雅羅到查瓜拉瑪斯，千里達每一個懂山羊的人都看得出這隻山羊，」他說，還舉出千里達的四大邊角，「是全世界最沒用的山羊。而你還敢收我兄弟錢？聽好，你最好把我兄弟的錢還來，聽見沒。」

我的母親看起來既受傷又難過。她跑進屋裡，拿一些紙鈔出來。那人收下，把山羊交還。

那晚，我母親說，「去跟你們的韓德先生說，我不想要這隻山羊了。」

韓德先生看起來並不驚訝，「不要了，是嗎？」他思忖著，同時用修剪得很漂亮的拇指指甲刮刮他的八字鬍，「這樣吧，聽好，五塊錢跟你買回來。」

我說，「牠光是草都吃了不只那些錢。」

這話也未讓他驚訝，「那六塊吧。」

我賣了。我以為，這事就此了結。

在我最後一學期結束前的一個月，一個週一下午，我向我媽報告，「又要開始抽那隻山羊了。」

她很驚恐。

然後星期五喝茶時，我若無其事地說，「我抽中了那隻山羊。」

她早料到。在太陽下山之前，一個人去韓德先生那兒牽來這頭山羊，交給我媽一些錢，就把這隻山羊帶走了。

我希望韓德先生永遠不會問起這隻山羊，但是他問了。不是下個禮拜，而是下下禮拜，就在學校放假之前。

我不知道該怎麼回答。

但一個叫諾力的男孩，一個球速飛快的投手，和韓德先生最愛的受害人，代我回答。「什麼山羊？」他大聲地私下議論說，「那隻山羊早被殺了吃掉了吧。」

韓德先生突然暴怒，「是真的嗎？維迪亞達？」

我沒有點頭或說半個字。下課鐘響救了我。

午餐時我跟我母親說，「我不想再回那間學校了。」

她說，「你必須勇敢。」

我不喜歡爭執，只好照去。

第一堂課是地理。

「奈波爾，」韓德先生立刻喊，忘了我的姓，「解釋一下什麼是半島。」

「半島，」我說，「四面環水的一塊土地。」

「很好，上前來。」他朝置物櫃走去，拿出吸飽水的皮帶。然後他打我。「你把我的山羊賣了？」抽。「你殺了我的山羊？」抽。「你怎麼這麼該死的忘恩負義？」抽，抽，抽。「這是你最後一次抽中我提供的任何獎品。」

那是我最後一次去那所學校上課。

——一九五七

聖誕故事

A Christmas Story

雖然是聖誕夜，但我的心思沒在聖誕節上，我反而期待節禮日[1]後的那一天，因為那天西班牙港的審計部督察會來村裡，有新學校落成。我鎮定地等著他們來。當然，依然有時間採取所有的必要措施。但我沒有。雖然我的家人，唉，從他們身上已不見聖誕節的精神，求我把我的顧忌、我新萌生的信念放下，好使我們全都免遭羞辱和毀滅之禍。關鍵在於我，但每個人的一生中，都會經歷一個反叛期，而對我來說，我得坦承，這個時期來得相當晚。

發生在我身上的一切似乎都晚了些。我一直是個印度教徒，雖然對於這個宗教，除了無意義和丟臉的儀式之外，我幾乎一無所知，但我還是持續信奉到十八歲左右。為何持續這麼久，我也說不上來。或許是一種慣性，宗教會藉此麻痺它的虔誠信徒。畢竟，不用太聰明就能看出它泛靈論的儀式、偶像崇拜，相信芒果葉、香蕉葉和——事實就是事實——牛糞有法力，印度教是個與現代世界扞格不入的宗教。我只消拿印度教徒的地位和基督徒的相比。我只消對照兩者在服裝、房子和食物上的不同規格。在今天，這些差異多少已經消失，較年輕的一代很難瞭解我在講什麼。甚至可能會有人斥責我太看重表象。我能說什麼？如果我說，在我看來，表象永遠是內在的象徵，有人會信嗎？但反正，我就是覺得，在十八歲那年，我開竅了。無須加拿大長老教會的人來勸我「皈依」。我只消看看他們如何照顧我們這區裡的落後印度教徒和穆斯林。我只消看看他們的學校，看看皈依者所住的房舍。

然後，我的長老會教義，儘管遲來了些，影響我深遠。我對教書產生興趣——像我這麼一個財力有限，受的教育也有限的人，也找不到其他事可做——而我的長老會思想是個明顯的優勢。它讓我在上司的眼裡顯得神聖。也讓我成為一名好老師，讓我在我所教和所信之間，沒有矛盾。這和那些尚未皈依，卻嘗試在長老教會學校教書的人，處境有多天差地別！

如今坦白的時刻到來，我也必須談談我的新宗教所帶給我的喜樂。很高興聽見別人叫我藍道夫，一個充滿歷史意義的名字，一個我個人感覺完全跟得上我們所居住的時代，並且與我身處的社交圈合拍的名字。這名字還讓我忘記，我曾經——想起依然覺得丟臉——本能地做出回應的名字——楚阿尼拉。無論如何，那已是陳年往事，我早深埋許久。然而如今我的記憶被喚醒，不只是因為坦白的時刻到來，也因為兩週前，我的兒子溫斯頓，翻出一些家族文件——無疑，一個男孩無權翻閱我的私人文件，但他跟他母親一樣好奇——便想起這名字。他為此取笑，事實上是譴責我，在一陣盛怒中，這讓此刻的我非常過意不去，並且得找時間，趁現在還有時間，向他道歉。在一陣盛怒中，我痛打了他一頓，如同我在教書時代，對那些冥頑不靈與他們愚蠢又落後的父母可比的學生所做。落後總能喚起我的怒火。

1 譯註：聖誕節翌日或聖誕節過後的第一個星期日。

＊

與藍道夫此名一般，我的新宗教所認可的儀式莊嚴又乾淨——找不出其他詞彙可以形容——帶給我很大喜樂。好比說，在週日早上，起個大早，沐浴，吃早餐，然後穿上最好的服裝，沿著依然寧靜且涼爽的道路，走到我們做禮拜的地方，並在那裡看見最可敬與受尊敬的人，全都作同樣整齊乾淨的裝扮，投身於我，在長久以來，當一名局外人、一個對他來說，基督和聖父的意義，與冬天或秋天或黃水仙無異的人之後，也能親身參與其中的虔誠儀式，是多麼令人感到愉悅的事啊！某些活力夠充沛的未皈依村民在這個時間就起床，而且完全清醒，於是便目瞪口呆地看著我們排成一列白色的隊伍，走向我們的教堂。儘管他們歆羨的目光是美好的，但我必須坦承，我同時會羞愧難當地想起，不久之前，我也是這驚嘆群眾中的一份子。在他們驚嘆的目光下往前走尤其令我感到難受，因為在這緩慢莊嚴前進的隊伍中，我，比任何人都清楚——而且在我近十八年的默許之下——那些人以宗教之名所耽溺的儀式。所以我對他們的態度有些嚴厲，而且知道我們雖然在某些方面有些相似，但除了名字——畢竟又沒人在衣領上別名牌，還因為我們的穿著，讓我們和他們不同，這點帶給我些許小安慰。在這些星期日裡，我和穿著長褲，和白色斜紋棉外套的男人說話，這種服裝和露出腿的腰布很不一樣，其他那些人依然很愛纏腰布，我一直覺得這種款式的衣服會令穿的人顯得可笑。我甚至炫耀地戴著白色的軟木遮陽帽。女孩和女士們穿著其他人心裡嫌惡的短洋裝；她們也戴著帽子；我很高興地說，從各方面，她們看起來都和一路從加拿大和其他國家前來，在我們的人之間服事的姊妹們很相像。或許會有人指控我太看重外表。但我應該辯解道：我深深相信，進步與外表無關，而是一種內心所抱持的態度；那正是我的宗教所帶給我的。

照我說的話看來，到目前為止，長老教義帶給我的似乎只有好處和快樂。我不想對我必須承受的考驗太大驚小怪，光是這麼說即已足夠：在學校和其他的教會團體內，我對我新信仰的熱情擁護總受到讚許，至於別的場所，我則必須不斷忍耐來自我親友的訕笑，那些儘管有我的榜樣，卻繼續走在黑暗道路上的親戚。他們總以嘲弄味十足的腔調唸出我的名字，藍道夫。我堅忍地忍受著這些。我早預料到，而且就像守財奴想起他的金子便能萌生毅力，我的信仰也給予我極大的力量。隨著時間過去，當他們看見他們奚落我的名字對我毫無作用——相反的，以前我簽名總在簡單的首寫字母C後胡亂劃幾筆，現在，我則完整地拼寫出藍道夫的字樣——隨著時間過去，他們便放棄。

但我的考驗並非就此告終。直到那時，我都還用手抓飯吃，現在此種進食習慣如此令我反感，如此醜陋，如此不衛生，我不禁納悶，我是如何勉力這麼做了十八年。不過現在我必須坦承，在那個時期，食物還是用手指抓著吃比較美味，猶記我第一次用刀叉匙等像樣工具吃飯的嘗試，那幾乎是個丟臉的實驗，只能祕密進行；然而即便在獨處時我都無法擺脫那種忸怩感。

對我來說，習慣藍道夫此名要比習慣刀叉來得容易。

然後，某個週日，我正堅持不懈、全神貫注地吃我的午餐，我聽見有人來了。是個男人；他沒有敲門，直接走進我房裡，我立刻知道他是某位親戚。這些人從來學不會敲門或關上身後的門。

我得承認被他逮到我手中拿著那些餐具，感覺有點蠢。

「哈囉，藍道夫。」男孩荷瑞說，以最令人冒火的方式唸出那個名字。

「午安，荷瑞。」

他對於我的諷刺無動於衷。這個男孩，荷瑞，是最會折磨我的人之一，他也是最噁心的一個。他讓人把愛心與容忍都給耗盡。他是個大塊頭，並且以自己的粗野為豪。他也幻想自己是個雄辯家，而在我們所作的許多討論與爭辯中，這位莽漢——如我所說過的，他挑戰別人寬容的限度——堅持蹲在地上，吃香蕉葉裝盛的食物是衛生且體面的，那些刀叉都很髒，因為被不同的人一用再用，而手指卻屬個人所有，永遠都可以藉由清洗保持徹底的乾淨。但據我所知，他的手指從來都沒洗乾淨過。

「吃飯，藍道夫？」

「我正在吃我的午餐，荷瑞。」

「吃牛肉，你還真進步哩，藍道夫。」

「我很高興你這麼說，荷瑞。」

我不懂這些人為何如此執著地禮敬牛，對我來說，他們似乎一直是骯髒的動物，遠比他們憎惡的豬髒。然而還是得指出，吃牛肉一事是我最艱苦的考驗。如果我能堅持下來，也純粹是因為我的信仰所給予的力量。但在這個節骨眼被發現——我正穿著我的週日斜紋白西裝，我的祈禱書放在桌上，我的白色軟木遮陽帽在牆上，我正拿著刀叉吃牛肉——被荷瑞撞見這樣的狀態有些尷尬。我看起來八成像狂熱過頭的皈依者。

我本能地想叫他離開。我突然想到，如此脫身似乎太容易也太怯懦。於是我竭盡我當時所能地靈巧操控手中的刀叉。他坐著，不是在椅子上，而是在桌上，這名莽夫，就在我的盤子邊，看著我吃。我無視他臉上的微笑，彷彿吃祭品般地吃著。他肥腿交疊，掌心抵在桌面，身體朝後仰地審視我。我未加注意。然後他拿起最挨近他的一把叉子，開始剔他的牙。我生氣而且覺得噁心。淚水湧現，我站起來，把盤子推開，並把我的椅子往後拉，請他離開。我反應之激烈令他大吃一驚，便照我的要求而走了。一等他離開，我便拿起他碰過的叉子，折彎，丟在地上用腳踩，然後甩到窗外。

＊

如同我說過的，進步是一種內心的態度。而我之所以在這樣的情感脈絡下提及這個微不足道的小插曲，是因為由此可以看出，想養成一種內心的態度有多困難，畢竟有數以百計的人隨時準備鄙視和訕笑那些他們看來正超越自己的人。嘴固然長在人身上，愛怎麼說是他們的自由，但那種輕蔑甚至連傻子都難以承受。因此，別以為我的新宗教獨厚於我，沒給我帶來屬於它的考驗與磨難。只是我的信仰帶給我足夠的力量，能堅忍地承受這一切。

此後，我過得很孤單。我切斷與我家族的聯繫，並且不再參加那些大型的家族聚會，那些迄今為止，曾帶給我如此多喜悅與安慰的聚會，因為我必須承認，在我的潛意識裡一直認為，真遇上麻煩時，那裡有我可以求助之人。現在我不再能擁有此種慰藉。我定志把全副心力奉獻在我的天職上，投入的程度連我自己都感到驚訝。想成為一名老師，就必須進修；排除萬難後，我設法讓自己保送進西班牙港的師範學院就讀。名額有限，競爭十分激烈，許多年都沒我的份，因為有太多更合適的人選。某些人根本生長在長老教會家庭。然而我的熱誠越挫越勇，終於獲得回報。當我去師範學院就讀時已經二十八歲，比大部分的學員都老得多。

對我來說，提起荷瑞男孩在那十年間的變化，一點都不開心。他發達了。他開始經營卡車生意，而且他做得非常好。他買下第二輛卡車，然後是第三輛，而且他的前途看起來無可限量，相較之下，我則永遠侷限於月底收到的棕色薪水袋，其中可預料的數量便是我的全部。當初我曾經如此自豪的一身服裝也變得越來越不光鮮，到最後，我甚至覺得穿去上教堂簡直丟臉。不過我卻突然想通，這是我必須承受的另一個考驗，於是我忍耐，直到我幾乎要以我袖上和肘上的補綴為樂。

就在這時，我被邀請去參加荷瑞兒子凱達的婚禮。這些人，他們嫁娶得早！這是凌駕宗教差異的場合，而且對我來說，再次與家族團聚真是難得的歡喜，因為他們的態度改變了。他們已經與我的長老教信仰和解，並且因為我的職業，確實對我敬重有加，那種敬重，有時候恐怕連在我的上司、甚至學生身上都找不到。結婚儀式讓我難以忍受。臨時搭建但美麗的帳棚，椰子樹拱門上掛滿的纍纍果實，無處不見的芒果葉、青草和番紅花，以及祭火，所有這一切都只讓我感到丟臉而非喜悅。不過儀式僅佔慶典的一小部分。還準備了大量美味的食物，嚴格的素食，但不知怎麼的，卻極度誘人；而且在厭惡印度食物一段時間之後，我又重新接受了它。這些食物，我得說，口味非常重。音樂和舞蹈也很令人震撼。彩燈照耀下的帳棚充滿一種魔力，就連我們學校禮堂在開音樂會時都不曾如此。雖然婚禮當然不若那些在教堂舉行，如一個正統婚姻所該有的莊嚴優雅。

凱達收到一份數量驚人的嫁妝，而且他的新娘，我只在她撥開她的絲質面紗時瞥到一眼，也確實很漂亮。但對我來說，美女永遠只是皮相。女人美麗其實是件很煩人的事，而且在美麗的皮相之下，永遠需要去找尋更重要的特質，像是態度和——我一直提醒溫斯頓的一個東西——無論老小，永遠來得及學的——態度和習慣。她很美麗。想到她將和凱達攜手終生，還真替她感到難過，但或許她正適合如此。不消說，凱達本人的禮服自是光燦奪目：他的頭巾，他有流蘇和懸吊玻璃彩珠的王冠，他滿是精美刺繡的純絲外套，以及所有其他的飾物，全在那一夜把他是個卡車司機的身分隱藏得無懈可擊。

*

我極度悲傷地離開婚宴。我忍不住拿自己的景況和荷瑞的、或者甚至凱達的相比。如今我已年過四十歲，正常狀況下，我該在二十歲上下的年紀結婚，但如今卻依舊沒個著落。這不是我的錯。像凱達那樣由家人安排的婚姻，不在我人生的藍圖中。我想娶，如同《威克菲德的牧師》[2]中的那人所說，一個特質如醇酒般的人。我的條件很嚴苛。我希望娶一個信長老教的女子，她聰明，有良好家教，受好的教育，並且願意嫁給我。最後這個條件，唉，根本不太可能滿全。而且我幾乎什麼也無法給人家。印度教徒間的情況就會不同。可能會有有錢人願意把他們的女兒嫁給一位老師，好藉由一個有學問的職業贏得尊敬和光彩。當然，這樣的處境有它的壓力，因為那表示出嫁的女兒，在某種程度上，還是聽命於娘家的；但這樣的處境並非全然不吸引人。

你可能想像——而且你是正確的——此時期的我，信仰正經歷前所未有的嚴苛試煉。我都不敢說，有多少次，我準備放棄。我感覺自己快要屈服；於是我更頑強地投入工作和祈禱。我反省世俗的事物有多無價值，但我發現這是一個沒什麼人可以分享的反省。我可以在此補充說明，僅是附帶一提，毫無虛榮，也曾經有幾位未皈依女兒的父親向我提親，因我先前的種姓，讓許多人都想與我結親，他們的條件只有一個，與我的信仰有關，這點我不能接受。

就在這種疑惑的情況下，夜夜與上帝角力——此種形容，只有當時的我才能完全體會箇中意義——我的命運改變了。我被任命為校長。現在我可以大聲說話了！有多少人知道，一個學校教員為了獲得這樣的升遷，必須經歷多少磨難、繁瑣，見不得人的詭詐過程？那種耍手段，那種妒忌，那種壞心腸，全湊在一起發酵。對於一個人為了向上爬所做的努力，所默默承受的排擠、等待，以及明明不適任，卻覬覦此位，而不惜使出的卑鄙破壞行徑，我該如何描述？這些人能言善道，道貌岸然，拚命展現在工作上的效率與信仰上的虔誠，好勉力說服我們的上司，只有他們能填補那空缺。我也有我的敵人，我主要的競爭對手——但讓他安息吧！我是基督徒，我相信我是，因而不願對任何人做出不公的指控，想像他在離開了這個人生苦海之後，依然在罪惡之火中煎熬。

2 譯註：*The Vicar of Wakefield*，愛爾蘭作家Oliver Goldsmith所寫唯一一部小說，是維多利亞時期最流行的十八世紀小說之一。

在我的幸運中，如此及時，我看見了神的助祐。我是非常認真地這麼說。因為若非如此，我一定會墜入暗黑的深淵，因為我輩凡人，誰能如此剛毅地不斷抵抗誘惑？我滿懷感激地以更新的奉獻精神回報我的工作。而且無疑正是此因素，讓我的上司們龍心大悅，從而導致我日後的高昇。因為當大多數人都疲於奮鬥而甘於安逸之時，我卻展現更勝以往的熱情。我開始一天禱告四次。我堅持所有人都要上主日學校。我親自教授主日學的課程。並且藉由我舉足輕重的影響力，說服其他老師也這麼做，因此主日學變成我們的另一個工作日，我們以替主工作來度過安息日。

此外。我也並未忽視教育的部分。如今黑板上全閃耀著以各種顏色的粉筆所畫的圖表，是我們手邊正在進行的企畫。哦，當時的學校是如此一幅美麗的景象！我開始制定一個嚴格的紀律體系，並且禁止實習老師胡亂打人。所有的責打由我親自在週五下午執行，對學校，對所有師生，做出某種程度上，不偏不倚的評判。這當然是一個較好的制度，而且我要很高興地說，如今這制度已被全島採行。最聰穎的學生會在放學後被我留下來，並且額外酌收少量的費用替他們補習。學校變成一個快樂追求理想的地方，而非必須忍耐的地方，這些補習課的效果廣受感激，很快地，便有更多的學生，多到我無法負荷的地步，在放學後留下來，上他們暱稱為「私塾」的補習。

*

然後我結婚了。此刻的我已有能力迎娶幾乎是任何一個我看上眼的人，而且在主日學校的職員裡就有好幾個人明顯愛慕我。我長得其實沒那麼難看！但我希望能娶某個心性經得起考驗，如醇酒越陳越香的人。我將近五十了，我不希望娶比我小太多的人。而且還真是走運，就在這節骨眼，有人向我提親——用此字眼我有些猶疑，因為聽起來太像印度教的習俗，並且會令人聯想起某椿房地產生意，但在此我必須坦白——一個地位高至督學的人，他有個三十五歲的女兒尚未出嫁，一個因為她的才能，遭全島男人忽視的女人，是的，你沒看錯——很有才能，但不是會令人想昭告天下的那種。我們對女人的態度仍待改變！在過去那些日子裡，我經常思考這件婚事。如此一個轉捩點，時間上承接得剛好，這麼多的後續據此產生。我納悶溫斯頓，可憐的男孩，當他的時候到來，他會怎麼做。

我的住所不如對手荷瑞或者凱達的豪華，但其中卻充滿我長年夢寐以求的寧靜和文化。那只是一幢簡樸的木屋，但蓋得很牢固，可以住很久，不像我近日所見，不斷冒出的許多摩登怪物：而且它井然有序。我們有簡單的曲木籐底椅。沒有鑲著大理石檯面並綴有流蘇小球蕾絲的桌子！沒有玻璃櫃！我把我寶貝的師資文憑裱框掛在牆上，和我的宗教畫及一些英國鄉村風景照一起。也是由於我當時走的好運氣，我得到一張我們首批傳教士之一的簽名照。在我們這間簡陋家宅的裝飾上，我的妻子似乎釋放出她迄今遭壓抑三十五年所積累的全部能量與閱歷。

對她來說，如同我，一切都來得晚。考慮到我們的晚年，我們擔心——許多朋友的看法更強化了此種擔心，在他們善意的表示後頭所隱藏的觀點，如今看來卻是極不厚道——生不出孩子。但他們和我們，都低估了禱告的力量，我們結婚不出一年，溫斯頓便誕生。

*

溫斯頓的誕生對我們來說是個恩典和祝福。不過也讓我充滿焦慮，因為我忍不住不考慮我們之間年齡的差距。好比說，我會想到，我八十歲時他才三十歲。這個想法惹人心煩，或許因為我職業的關係，我尤其看重陪伴孩子成長一事。我的焦慮還有別的原因，亦即在溫斯頓最重要的人格養成期，他不僅將缺乏我的指引——一個七十歲的人能給予血氣方剛的二十歲小夥子什麼指引？——還將缺乏我的財務支柱。

想到我無望的升遷和所有晉升所帶來的的收益，錢的事——或許顯得奇怪——也令我和我妻子煩惱。由於我退休在即，而我的退休金幾乎跟一個單純的實習老師所賴以維生的一樣多。在當時看起來就像那些朝聖者，他們的熱忱我很景仰卻無法擁有，我走兩步退一步地朝我的目標邁進，雖然在我的情況，更貼切的說法可能是走一步退一步。因此成功總是在熱烈追求如我之人的口內化為灰燼！而且如果我有現在所擁有的信仰視野和深度，或許在當時我就能看出，這世間的一切有多虛假，無論它們多討你歡心也都只是欺騙。

如我所說的，我們兩人都很煩惱。現在仔細想想，溫斯頓寶寶還真是我倆痛苦的來源，因為可憐的無辜小傢伙幾乎不可能知道，當我們都離開這個人生苦海之時，他要承受多大的痛苦。他的無助，他的依賴折磨著我，我已經過了適合投保的年紀；而且在我當個普通教員的時期，我也不曾有財力那麼做。看起來我最後似乎會毀在自己交的好運、我投注畢生心血所獲致的成果手裡。然而我並未留意此徵兆。

在還能夠時，我繼續替學生們補習。我另外開設了晨間班和下午班，不過我卻憂心忡忡，幾年內這種特權和那微薄的報酬就會消失的想法令我苦惱，因為你得知道，補習是校長的特權：藉由這麼做在學校裡豎立他的個人風格。我的努力反映在獎學金考試的成績上，十二年級以下的男孩們表現鼓舞人心；他們遠遠超越許多其他鄉下學校的學生。我的宗教熱忱持續發燒；而且也正是這份熱忱，在過去那些年，當大多數坐上我這位置的人都開始鬆懈時——他們可真是幸運的傢伙，小孩都已長大成人——卻依舊燃燒，我得說，這份驚人的熱忱，也對我日後並未刻意爭取的升遷做出貢獻，如你將從這些事件的直白敍述中看出。

離我退休的日子更近了。我在學校裡變得更加拚命。我希望所有我教的這些男孩能瞬間長大。我對那些落後的學生毫不留情。我的妻子，可憐的傢伙，無法如我一樣成功地控制她的焦慮。她沒有工作，沒有能讓她轉移焦點的職業，有的話，她的焦慮或許能消耗掉。她只有溫斯頓。而這可愛的小寶寶持續喚起她對他未來的憂心。我相信，為了他，她可以犧牲自己的生命！這對她並不容易。而且唯有運用最溫柔的基督徒的慈悲，才能平和看出，她對我所做的那些日益頻繁，且日漸尖酸的責罵，只是焦慮的表現。有時候，我得坦承，我做不到！然後我的無用就會折磨我，如同現在這般折磨我。

我們向我的岳父——督學，吐露我們的問題。儘管我們覺得讓別人分擔我們的困擾不太公平，但當一個人覺得太沉重而無法負荷時，這卻是公認的能有效減輕負擔的方式。不過他，可憐的人，雖然替他的女兒，如同他女兒替溫斯頓一樣，深感擔心，除了同情，幾乎幫不上任何忙。他說當局不願意延長我的校長任期。我消沉的意氣在動怒中找到出口，對此他寬厚地原諒了；因為雖然他走出屋子時，曾信誓旦旦地說絕不再管我們的事，後來卻還是回來，並且建議耐心等候。

我們是如此地有耐心。我退休了。我幾乎無法忍受待在家裡，我太習慣過去的日常作息，那些日常的試煉。我出外訪友，不為別的，只因為我害怕單獨待在家中。雖然我特意避開學校，我的前工作地，但我的熱忱，我相信有口皆碑。我對兩、三個學生的進步尤感興趣，便設法收來補習，不過我的方法卻不再討喜。這些孩子的家長說，新的校長在這件事上已做出強烈表示——我非常不高興——程度之強烈，事實上，已造成他們的孩子在學校的進步受阻。因此我收手；或者更確切地說，因為是該坦白之時，他們離開了我。

＊

督學成為我們卑微、悲傷的家的定期訪客，繼續建議我們有耐性。到目前為止，在這些敘述中，我都忍住不讓我的妻子直接發言；畢竟她所必須承受的已經夠沉重，我不希望再增加她的負擔，因為我的妻子，雖然相當有才能，卻未擁有正規教育的優勢，而現今是如此看重後者。於是我不會記下她是如何回應她父親的此項建議，只消說，她把話用兒歌的曲調唱出，完全不在乎原本的格律或韻腳，最後一個字還意外地被她破壞——真的是不小心——在匆忙中，她把茶几上的花瓶拽下而砸破，水在地板上流淌成窪，就像我們的小寶貝溫斯頓前不久才弄出來的那幾灘水。這事件之後，我妻子與她父親的關係明顯緊繃；我小心翼翼地盡可能常出門，而且事實上，能暫時把家庭煩惱拋開，四處走走，被單純的鄉下人喊聲「校長」地問候，也的確很愉快。

＊

然後，就像我一生中如此定期發生的，烏雲散去，晴空萬里。我被任命為學校董事。督學親自以你能想像、最溫暖人心的方式宣布這項消息，而且可能比正式通知早了一星期左右。因此這時刻變成家族團聚的場合。真的很高興能見到飽受壓力的督學終於放下一顆心，並且見到父女還過得去的和樂相處。我對此感到的喜悅，幾乎和我新的高位所帶給我的一樣多。

因為對一個步入黃昏之年的人來說，學校管理者的身分是件好東西。它可以行使想像得出的最良性的力量，它可以讓一個人在頒獎演講日的場合，替學生爭取放假；隨此訴求而來的宏亮與真誠歡呼，那溫暖無可比擬。這職位的權力甚至凌駕於校長，因為這個人可以出其不意地露面，並且由他負責向當局提出報告。這也是個責任相當大的職位，因為校董對學校所肩負的管理職責，如同管理一家公司的總經理。好比說，得由他決定排水管是需要完全重做，還是僅需簡單地塗上灰泥，好看起來煥然一新；該上一道或者兩道漆；天花板是要部分翻修、上漆還是整個拆掉，全部換新。他根據自己的估算，訂購所需的書桌、黑板、粉筆和文具。簡單地說，這是一個適合曾經生活活躍，卻因退休遠景而沮喪者的理想要職。它帶來面子與報酬。校董的另一個好處是和公務員一樣；他們鮮少被解聘；而且他們的榮耀只會增多不會減少。

我懷抱著熱忱投入我的新工作，而家裡也再一次地萬事順遂。我岳父定期來作客，可憐的人，好像急於分享這多半歸功於他的好運。我照看學校、職員和學生們。我拜訪在我管轄範圍內的所有學生家長，和他們說明受教育的好處、曠課的危險，諸如此類。我知道就算我偶爾還說了以下這些，我也會受到原諒：每當時機看起來成熟，我便會在那些繼續走在黑暗之途、未擺脫矇昧的人之間，撒下長老教義的種子，或者至少，疑惑的種子。在校董之間，這樣的熱忱很罕見。我自己也說不清。或許是我早期的嚴厲和企圖心，讓我擁有某種如使命感般的熱忱。不過不可避免地，這樣的熱忱，對某些人來說可能太多而難以消化。

*

由於所有那些榮耀，所有在替學生爭取放假時，那些回應他的甜美歡呼，校董這職務有時也會招來敵對與惡意的批評。任何一個碰巧在掌權、掌財的位置上實現自我的人，都會有此宿命。謠言不斷傳開；儘管絲毫無損我在社區中已如此明顯受到的敬重——例如，在選舉中，全部五個候選人都找上門來，要我替他們說話，一個特別難處理的狀況，我於是下定決心，向五位候選人承諾，我將保持中立，為此他們溢於言表地感激——對於一個人來說，行走在每日飽聽他閒話的人群中，毫無好處——因為肉體是脆弱的，偏偏又沒有什麼東西能比惡劣的誹謗更吸引我們單純的村民。反駁這樣的攻擊，有失我的體面，或者更正確地說，有失我職位的體面；因此，我轉向我岳父——就像我越來越常做的——尋求忠告。他建議我辭掉一個校董的職務，以表示我對這類流言，和不尊重我世俗名譽的抗議。由於我在工作上的表現是如此優異，現在我身兼三所學校的董事，這已是規定准許的最大數量。

我採納他的建言，卸下一間學校的董事職務，這學校處在如此破舊狀態，即便再三翻修，也無法改變建築物原有的粗製濫造與頹敗。這間學校是大多數流言的起因，而我的辭職引起廣泛議論，甚至還見報。我很珍視這所學校，但我願意把它交由他人管理。我的這項舉動產生效果，平息了謠言與閒話。而且此舉日後也證明了自有好報。因為數月之後，我的岳父，一直是帶來好消息的人，暗示本地可能興建一所新學校，我完全是最適合管理該校的人選；而他——當局與我之間最真誠的仲介人——說，已如此提報了我的名字。當時我只是兩間學校的校董；我將被授權管理第三間。他熱烈地敦促我接受任命。我猶疑了，而我的猶疑日後證明是有道理的。不過這將是一所完全依照我的理念和原則所打造的新學校，思及此點，不禁暈陶陶。我向誘惑屈從。要是此刻能時光倒流，改口不接受該多好！老好人匆忙回報；兩週內我收到正式通知。

＊

我必須坦承，在接下來的幾個月裡，我對新方案的熱忱和熱心讓我忘記我的疑慮。我的另兩間學校多少受到忽略。因為世上若有什麼能教一名校董的心飛揚，必定非管理一間尚未興建的學校莫屬。然而，唉！我們身處不斷受到虛榮心誘惑的俗世。一個人會多常遇上這種事：坐上他夢寐以求的位置，一個他在各方面都合適擔任的職位，卻突然局面失控！給了他渴盼的機會，他卻無法善加利用。心力在爭取時便已耗盡。

而現在我遇上的就是這種情形。幾乎我所經手的每件事都與我唱反調。我，如此謹慎且正確地估算和評估，如今卻不斷被證實是錯誤的。我的計算沒有一項正確。老是有短缺、老是停工。學校興建的進度遠比我期望的慢。而且在這種時刻，在這種極度痛苦的漫長時刻，竟發現自己是如此孤單，找不到任何慰藉！我無法向我的妻子或她父親尋求安慰。他們在與我無關的脈絡下，享受我成為新學校董事的欣喜。我得到我的大好機會；他們確信我必會好好利用；因此我無法承受拿我的煩惱，讓他們的美夢幻滅或者干擾他們的幸福。

我的錯誤連帶產生了其他錯誤。聽好，我的錯誤出現加乘反應！為了遮掩我的錯誤，我必須採取二十個動作來隱瞞，然後又得設法隱瞞這二十個動作。我發現自己陷入一個古怪的無能狀態，我似乎完全束手無策，一個不懷好意、由與我作對的力量所操控的狀態把我困住。到最後，失敗似乎就在我眼前瞪著我，而我整個生涯都將毀於這最高的失敗。沒錯，大樓是蓋起來了，有了體面的外觀。看起來是像幢大樓，但卻與我想像的有天壤之別。我的估算嚴重出錯。而現而且為時已晚，無法補救。但它的毛病，它的弱點，就連非專業的眼睛也能立刻看出。而現在，每個夜晚，我的錯誤都折磨著我。只要稍有判斷力，就能輕輕鬆鬆地改正過來。但如今那時機也已錯過！日復一日，我忍不住走到那大樓前，每一天，我都希望出現奇蹟，讓它在一夕之間消失。但它依舊矗立在那兒，嚴厲地責備我。

對我來說，我妻子和她父親的責備並未讓事情變得輕鬆些。他倆圍住我，公正地說，我的失敗會連累到他們。日子就這麼過去！我沒辦法——我一直不喜歡爭吵，比侮辱還侮辱——我沒辦法怪他們在我的晚年，把如此一個大業的重擔，加諸在我身上。我是為他們的榮耀而做，因為我個人已感滿足，所掙得的面子夠我此生所用。我是為了我妻和她的父親所做，也為了我兒溫斯頓。但誰會相信我？誰會相信一個人會為了其他人的光榮努力工作，除了榮耀神？他們責備我。他們站得離我老遠。在這危急時刻，他們卻遺棄我。

＊

這是段難熬的日子。我在涼爽的傍晚，穿過我們村莊，散很久的步。孩童們跑出來問候我。母親們從她們正烹煮的飯菜中抬眼看，父親坐在路邊的涵管上，他們都問候地喊我「校長！」要不了多久，即便是他們當中最卑微的人都會得知我的失敗。我必須動作快。失敗應該被毀滅。放火燒一所學校是不可原諒之事，但一定有些情況是可寬囿的，當這是唯一出路之時。現在想必就是那種情況！這是激烈的作法，但在這島上也非頭一回。我如此和自己爭辯著。而答案永遠一樣；我的失敗必須毀掉，不只為了我自身，還為了所有那些人，包括那些村民，他們的命運與我相繫。

一旦下定決心，我便不再猶豫。十一月中旬，正值一年當中，人們開始忙聖誕節，幾乎其他什麼事顧不上的時期。完全方便我行事。我需要——我現在坦承這些事真不知有多羞愧——某些協助，因為意外發生的當天，我必然需要不在場證明。許多錢，許多我們為我們兒子溫頓的未來所存起來的錢，必須花在這上頭。而且已經到了得用錢封住某些官員的嘴的地步，他們對我的失敗幸災樂禍，而且很樂意公諸於世。終於，一切準備就緒。在節禮日，我們會去西班牙港，去看賽馬。當我們第二天返家時，學校已經不見了。我說「我們」，但我沒有告知我妻子我的打算。

懷著何等的恐懼、自責和自我憎惡心情，我靜候著時間流逝！每當我聽見聖誕頌歌，從來只會聯想起耶誕夜那難以描述的喜樂——多虧我的決斷，此刻我再一次如此感覺，儘管底層有一種毀滅和破壞感，我活該，但就連這毀滅與破壞感也有其必然的賞報——當我聽見收音機播放的頌歌和聖誕廣告時，我的心往下沉；因為我似乎已經把自己和我身邊的一切切割開來，在我公開表態的信仰之前，我再一度成為陌生人。因此這些日子是在悲傷中，在每夜激動的禱告和自我譴責中度過。懊悔擊打著我，對本可以如何的懊悔，對未來將發生之事的懊悔。我感覺自己正沉入污穢的泥淖中，永世不得翻身。

我妻子對這一切毫無所悉。然後有一天她卻問道，「你決定怎麼做？」並且，沒等我的答覆，立刻擬定如此一個詳盡的計畫，這計畫與我自己所謀畫的如此相像，像得我的心都畏縮了。因為假如在我危急的時刻，在我最需要才略之時，我能構思出的計畫，其他任何人也想得到，那麼被發現就是早晚的事。而且在我的羞愧之中，兩、三天前才嘲笑我未受洗前名字的溫斯頓也參與了這番討論，他毫不顯羞愧，臉上只有興奮和──我得很悲痛地說──對我的驕傲，我從未見那男孩對我如此感到驕傲過。

誰能說得清人心是如何運作的？誰能解釋行惡的衝動，和阻擋行善的衝動？這種衝動，基督徒與其他人相比，是如此熟悉。你得記住這是仁愛的季節。而且它就是仁愛。因為仁愛是我對這世界所抱持的感覺。在每首頌歌裡，我的心融化了。每當有孩童跑上前對著我喊「校長！」我就飽受悲傷的折磨。因為看見這些髒兮兮的小傢伙，他們許多人受教的機會都遭剝奪，教育對人早年的成長歲月何其重要，而且缺乏的後果影響深遠，會讓一個人類像動物般地活著。看見這些傢伙，對我，這個曾在這麼多個傍晚，走入他們，竭己之力，把人生的信念傳揚給他們的人充滿感激，還真是閹割我。他們對他們的新學校深感驕傲。他們甚至對自己與蓋這學校的人有往來更感驕傲。

我感覺四處碰壁。我盡可能頻繁地上教堂。但即使在那裡我也感覺被拒。當時間越靠近，我就越看清我打算做的事有多窮兇惡極。跟自己說我將做之事並不少見已經沒用。頌歌，宗教儀式，誕生與生命的談論，全閹割我。

我走在孩童之間，彷彿手上握有祝福或不祝福任何人的能力，然後我想起另一個也這樣走進人群的人，祂說我所走近的這些人是蒙受祝福的，而且他們的國在天上。然後當我繼續這麼行走時，我似乎終於了悟我所信奉的宗教的真義，和我如此戮力所獲致的是誰的世俗的成功。因此看起來，我正在經歷的這些考驗是專為我的老年所設，因為唯有在這時，我才可能從過去我只讀過的那些內容中，體驗到狂喜。我懷著這樣的狂喜走著。已是聖誕夜，是聖誕夜，我的靈魂彷彿要從我的身體裡脫拔而出。我抓不準物體的大小和距離。我覺得自己飛得很高，我覺得自己是物質世界的一部分，但同時又超越此世界。

然後「不！」下午茶時我對我的妻子說，「不，我不會讓這種懦弱的行為羞辱我自己。更確切地說，我要把我的失敗公諸於世，並且要求應受的懲罰。」

她的反應如我所料。她一直忙著把各種各樣的耶誕裝飾掛出，都是從美國來的昂貴貨色，現在十分流行，跟我在戰前，我們早期傳教士家裡所見的簡樸裝飾如此不同。不過看看從我們搬進來到現在，房子改變了多少！簡樸是如何地銷匿無蹤，又如何被炫耀所取代！而且我感到自豪！

她求我回心轉意，還把溫斯頓叫來幫忙。他們倆哭著求我執行我們的計畫。但我很堅定。我確信，如果督學還活著，他也會被叫來懇求我。不過，他，不幸的人，已經在大約三星期前過世，把他的女兒和外孫託付給我；而只有這點令我擔憂，為贏得自己的光榮，我可能會傷害他們。但我很堅定。然後他們又祭出我如今已再熟悉不過的那些法寶——大哭大鬧，那天早上還處處洋溢著溫斯頓熱情的屋子變成喪宅。溫斯頓啜泣著，哀求我燒了學校，淚水沿著他胖嘟嘟的臉頰滑下，沿著他形狀漂亮的鼻子滑落倔強的上唇，大體說來，他表現得彷彿我不准他燒的是篝火。接著他母親砸壞了一些東西，最後她帶著溫斯頓一起離開家，發誓再也不要看見我，絕對不要捲入這一定會發生的恥辱裡。

於是我就坐在這裡，等的不是聖誕節，而是在這間屋裡，這掛著我們最早來的傳教士簽名照——他正從他厚實的鬍鬚和濃密的眉毛裡垂眼凝視我，而且牆上掛著如此多能令我想起我過往人生的努力、艱辛、奮鬥、勝利，以及，唉，最後的失敗之物的屋裡，等候節禮日後的那一天，在我們本當前往觀看的賽馬之後，等候審計部督察的到訪。這屋子既寂寞又陰暗。收音機播放著聖誕歌曲。我非常孤寂。但我很堅強。然後我就此擱筆。我的手累了；我們在教會學校練就的美麗字體開始變軟弱，開始在單行紙上凌亂地歪歪斜斜；然後有人敲門。

*

十二月二十七日。誰能說得清世界是怎麼運轉的，誰能說得清一個人一生會遭遇的磨難？

就連贖罪都拒絕我。因為就在我寫下以上敍述的最後一個句子之時，我的門口傳來敲門聲，於是我走向敲門者去為他開門。看哪，原來是個男孩，報來信息。啊，看哪，西邊的天空一片火紅。男孩通知我學校起火了。我能怎麼辦？我的世界在我耳旁崩垮。看來就連最後的贖罪，最後的勝利，都拒絕了我。某些東西不屬於我。在這痛苦和絕望的時刻，我頭一個想起的便是我妻子。她去哪兒了？我出去找她。當我白跑一趟後折返，卻發現她和溫斯頓已經回到家裡來找我。我們在淚水中相互微笑，我們擁抱。這到底還是我們的聖誕節。然後帶著輕鬆的心情——只有和上主角力時會沉重——我們去看節禮日的賽馬，也就是昨天。我們沒有賭博，那違反我們的原則。審計部的督察們今天捎來信息，他們終究，還是不會來了。

——一九六二

弔唁的人

The Mourners

在午後的陽光中，從後面的階梯走上白花花的簷廊。我永遠不可能從前面的階梯走進那間屋子。我們是窮親戚；我們從小就被教導要尊重這屋子和這家人。

簷廊的右手邊是廚房，用磁磚、雲杉，和所有摩登的家電用品打造。一名一臉痘疤、胸部鬆弛的醜印度教女孩正在洗碗盤，她穿著件骯髒的紅色印花連身裙。

當她看見我時她說，「哈囉，羅米許。」開頭時很爽朗活潑，但隨即收斂，改以較為得體的穩重口氣結尾。

「哈囉，」我輕聲說，「她在嗎？」我豎起大拇指，朝正前方的客廳指指。

「在，少年，她整天哭。也是啦，小寶貝這麼可愛。」女僕也學著這家裡的人說話。

「我現在可以進去嗎？」

「可以。」她低語。把雙手在連身裙上擦乾，她帶路。她的廚房清潔又乾淨，所有的不潔似乎都巴在她身上了。她躡手躡腳地走向百葉門，拉開一、兩英吋，謙恭地朝內窺看，然後稍微提高音量地說，「席拉小姐，羅米許來了。」

傳來一聲嘆息。女孩拉開門，並在我身後關上。所有的窗簾全都拉上。屋內充滿一種燥熱、陰暗的阿摩尼亞和油的氣味。從通風縫隙透了點光進來，足以看清席拉。她穿著件寬鬆的檸檬色家居洋裝，半坐半躺地斜倚在一張粉紅色沙發上。

我盡可能安靜且緩慢地走過光滑的地板。我的視線輪流落在席拉和沙發旁的桌子上，我不知如何開口。

是席拉打破這緘默。她在半亮的光線中上下打量我，然後說，「哎呀，羅米許，你長大了。」她眼中噙淚地微笑著，「你好嗎？還有你母親？」

席拉不喜歡我母親。「他們都很好——全家人都好，」我說，「那你呢？」

她擠出一些笑容，「還活著。拉把椅子過來，不，不——先不要。讓我好好看看你，天呀，你將來會是個英俊的小夥子。」

我拉了張椅子坐下。剛開始我雙腿大張地坐著。但我突然驚覺這樣不太尊敬，而且也太隨便。因此我把雙膝併攏，雙手自然垂落地擺在腿上。我筆直地坐著。然後我看向席拉，她微笑。然後她又開始哭。她伸手拿桌上潮濕的手帕。我起身，並問她是否想聞些鹽或月桂水[1]。嗚嗚咽咽地抽動中，她搖搖頭，並且以被淚水截短的句子，要我坐下。

我坐著不動，不知如何是好。

她用手帕擦拭眼睛，又從她的家居洋裝裡扯出一條更大的手帕，擤她的鼻子。然後她微笑。「你得原諒我崩潰成這樣。」她說。

1 譯註：一種鬍後水或古龍水，由月桂葉或果實和其他精油及酒精、水調製而成，最早在聖托瑪斯島及其他西印度群島上製造，從紐約及美國各大城市流行至歐洲。

我正想說「沒關係」，卻又覺得此話太過放肆，於是我就這樣張著嘴，吞吐些聽不懂的響聲。

「你從來沒看過我兒子吧，羅米許？」

「我只見過他一次。」我撒謊；並立刻感到後悔。萬一她問我在哪兒看見，或者什麼時候看見。事實上，我從來不知道席拉的小孩是個男孩，直到他死了，而且消息傳開。

不過她沒打算盤問我，「我有些他的相片。」她以一種溫和又繃緊的聲音叫喚，「蘇敏特拉。」

女僕打開門。「席拉小姐，有什麼吩咐嗎？」

「是啊，蘇敏，」席拉說（我注意到她簡稱那女孩的名字，一般不會這麼做），「是啊，我要拉維的快照。」說到這名字時，她的淚水又快潰堤，但在最後一刻，她把頭猛往後仰，擠出微笑。

當蘇敏特拉離開客廳時，我望著牆上，在昏暗的光線下，我可以認出版畫——塔裡的王子，而另一幅版畫上，一彎美麗的藍色清流，慵懶地流經長滿花朵的河岸。我的雙眼在牆上逡巡，避免看向席拉。但她的眼神卻跟著我的，落在塔裡的王子上。

「你知道那故事吧？」她問。

「知道。」

「看看他們。他們快被殺了，你知道的。直到過去兩天，我才真正看懂這幅畫，你知道的。那些男孩，這麼悲傷，而且看看那隻狗，什麼都不懂，一心只想出去。」

「那是一幅悲傷的畫。」

她拂掉眼裡掉落的一滴淚，再次微笑。「來，羅米許，跟我說說，你在學校裡的功課還好嗎？」

「跟以前一樣。」

「那你要走了嗎？」

「假如考得好的話。」

「你一定可以考得很好。畢竟你父親又不笨。」

繼續當個聽眾，似乎太顯傲慢自私，於是我說，「你不需要說話，如果你不想的話。」

蘇敏特拉把快照本拿來。那是本昂貴的相簿，有著皮革封面。打拉維出生以來，就不斷替他拍照，直到他死前一個月。有些他穿著泳裝的照片，在東岸、北岸和南岸挖沙子；還有些拉維盛裝參加嘉年華、參加茶宴的照片；拉維騎三輪腳踏車，拉維坐摩托車，真的和玩具的；拉維在一大堆我不認識的人的包圍中。我以適當的節奏翻頁。席拉偶爾會傾身向前，講評一番，「這張是拉維在那個美國醫生家裡，一個神奇的傢伙。他長得很甜，對嗎？而且看看這張：那男孩永遠會對著相機微笑。他永遠知道我們在幹嘛，是個非常聰明的小孩。」

終於我們把快照看完。越到後頭席拉就變得越沉默。我覺得過去這兩天，這本相簿一定被她翻爛了。

我雙手輕敲著我的膝頭。我看著牆上的鐘，和塔裡的王子。席拉出手救援，「我敢說你一定餓了。」

我微微搖頭。

「蘇敏會替你準備些東西。」

蘇敏特拉的確替我準備了些東西，我就在廚房裡吃——他們的食物總是很美味。我準備好去面對道別的眼淚與微笑。但就在那時，醫生進來了。他是席拉的丈夫，而且每個人都叫他「醫生」。他是個高個兒，有張蒼白的英俊臉孔，現在那張臉看起來憔悴又疲倦。

「哈囉，羅米許。」

「哈囉，醫生。」

「她怎樣了？」

「不太快樂。」

「她幾天內就會好的。太震撼，你知道的，而且她是個非常纖弱的女孩。」

「我希望她很快能恢復。」

他微笑，拍拍我的肩膀。他把百葉關上，好遮擋從簷廊射入的陽光，然後要我坐下。

「你知道我兒子嗎?」

「只有一點點。」

「他是個漂亮的小孩。我們想要——或者更確切地說，我想要——送他去參加牛欄牌寶寶大賽。但席拉不喜歡這主意。」

我不知該答些什麼。

「等他長到四歲時，他老是唱歌，你知道的。各種各樣的歌，英文的，印地語的。你知道那首歌〈我會見到你〉嗎?」

我點點頭。

「他總是不斷地從頭到尾唱那首歌，他所有的歌詞都學會了。打哪兒學的我不清楚，反正他就是學會了。就算到現在，我知道的歌詞恐怕都不到一半，他就是那樣，很聰明。而且你知道他對我說的最後一句話竟然是『我會在所有的老地方見到你』嗎?當席拉聽說他死了，她看著我，開始大哭。『我會見到你，』她說。」

我沒有看他。

「這會讓你去思考，不是嗎?讓你思考生命。今天還在，明天就不見了。會讓你思考生與死不是嗎?瞧，我老毛病犯了，又滿嘴哲學。你為何不開始教小孩?」他突然這樣問我。「那可以讓你賺進大把鈔票。我認識一個男孩，一週花一個下午教課，一個月賺五十塊。」

「我忙著準備我的考試。」

他沒注意聽。「咦，你看過我們去年嘉年華替拉維拍的那些照片嗎？」

我不忍心說看過了。

「蘇敏，」他叫喚，「把相簿拿來。」

——一九五〇

夜班警衛的事件簿

The Nightwatchman's Occurrence Book

十一月二十一，晚上十點三十分。C．A．卡凡德在C飯店接班，一切無誤。

凱薩．歐爾溫．卡凡德

早上七點。C．A．卡凡德在C飯店交班給維格納爾先生。沒有報告。

薩凱．歐爾溫．卡凡德

十一月二十二日。晚上十點三十分。C．A．卡凡德在C飯店接班。沒有報告。

凱薩．歐爾溫．卡凡德

早上七點。C．A．卡凡德在C飯店交班給維格納爾先生，一切無誤。

凱薩．歐爾溫．卡凡德

這是我第三次抓到夜班警衛C．A．卡凡德當班時睡著。昨晚，十二點四十五分，我發現他在飯店休息廳的搖椅裡睡得很香甜。夜間警衛卡凡德因此被解雇。

夜班警衛希爾雅德：這本冊子從現在起叫作「夜班警衛的事件簿」。我希望在裡頭看見今晚飯店裡所發生的每一件事的詳細記述。切記要以前夜班警衛卡凡德為鑑。

經理W·A·G·英斯奇普

經理先生，交代已瞭解。有我在您放心，長官。

夜班警衛，查爾斯·艾森貝爾·希爾雅德

十一月二十三日，晚上十一點，夜班警衛希爾雅德在C飯店接班，收下一把手電筒，兩副冰箱鑰匙和一三六十和十三號房的鑰匙。還有二十五相加勒比啤酒，七相海尼根，兩相美國菸。啤酒相原封不動，酒吧原封不動，一切無誤無報告。

查爾斯·艾森貝爾·希爾雅德

早上七點，夜班警衛希爾雅德在C飯店交班給維格納爾先生，交出一把手電筒，兩副冰箱鑰匙，和一三六十和十三號的鑰匙，三十二相啤酒。酒吧原封不動，一切無誤無報告。

查爾斯·艾森貝爾·希爾雅德

夜班警衛希爾雅德：今早威利斯先生非常不悅地向我投訴，說你昨晚拒絕讓他進入酒吧。我懷疑你是否明確瞭解這家飯店的營業目的。未來，所有飯店的客人都可以在任何他們想要的

時間，進入酒吧。你的職責只是簡單地記錄他們拿了什麼。這便是飯店會提供一定箱數的啤酒的原因（請注意「箱」字的寫法）

W·A·G·英斯奇普

經理先生，交代已瞭解。我很抱歉，我沒有機會受太多教育，長官。查斯·艾森貝爾·希爾雅德十一月二十四日，晚上十一點。N·W·希爾雅德接班，收下一把手電筒，一副酒吧鑰匙，兩副冰箱鑰匙，三十二箱啤酒，全原封不動。午夜十二點酒吧打烊，酒保離開，僅剩威利斯先生和其他人在酒吧內，他們直到凌晨一點才離開。威利斯先生拿了十六瓶加勒比啤酒，威爾森先生八瓶，珀西先生八瓶。凌晨兩點，威利斯先生回到吧台拿了四瓶加勒比和一些麵包，他想切麵包的時候，切了自己的手，所以請別擔心那些留在地毯上的血漬，長官。凌晨六點，威利斯先生又回來拿了些蘇打水。因為蘇打水沒了，所以他改拿了一瓶薑汁啤酒。長官，你瞧，我想盡力做好這份工作，我真不懂，警衛卡凡德怎能在做這份工作時睡著，長官。

查斯·艾森貝爾·希爾雅德

你似乎總是很確定時間，而且客人似乎都習慣在整點時進入酒吧。麻煩你記下精準的時間。廚房的鐘放在開關旁的窗戶上。你可以使用這個鐘，但在每天早上交班前，你必須放回去。

W·A·英斯奇普

知道了。

查斯·艾森貝爾·希爾雅德

十一月二十五日，午夜酒吧打烊，十二點二十三分酒保離開，剩威利斯先生和其他人在酒吧。歐文先生拿了五瓶加勒比，威爾森先生拿了六瓶海尼根。威利斯先生十八瓶加勒比，然後他們在凌晨兩點五十二分離開。無事不尋常。威利斯先生很無助，我不懂為何有人能喝這麼多，光是一個人就喝了十八瓶，這份工作足以把任何人變成基督復臨安息日教徒。而另一個人進來酒吧，我不知道他的名字，我聽見他們喊他保羅，他幫忙我，因為其他人都不太派得上用場，我們把威利斯先生送回房，脫掉他的靴子，鬆開他其他的衣服，然後我們離開。長官，不知道他們是否在我離開時拿了更多，百事可樂板上也沒有記錄，但他們還在繼續喝，看來他們又回來了，而且拿了更多，但我和威利斯先生一起，我需要一些額外的協助，長官。

經理先生，鐘壞了，我從威利斯先生房裡回來時，發現它壞了，長官，它停在三點十九分。

查斯·E·希爾雅德

昨夜冰箱裡有超過兩磅重的小牛肉被拿走，而留在食物櫃裡的一個蛋糕已經被切開。夜班警衛希爾雅德，看管這些東西是你的職責，我應該警告你，我已經要求警察檢查所有離開飯店的員工，以預防未來再發生這樣的事。

W·A·G·英斯奇普

經理先生，我不懂為何大家都如此急著責怪雇工，長官。關於那個蛋糕，食物櫃晚上都鎖起，我根本沒鑰匙，長官，只要是我經手的東西都是安全的。

查斯·希爾雅德

十一月二十六日，午夜，酒吧打烊，酒保離開。威利斯先生沒來，我聽說他今晚在美軍基地，一片寂靜，無事不尋常。

經理先生，我有個請求。長官，請知會酒保，讓我知道，飯店裡哪時來了個女客人，長官。

C·E·希爾雅德

今天早上，我收到一位客人的報告，說昨晚飯店裡有人尖叫。你寫一片寂靜。麻煩提出書面解釋。

W·A·G·英斯奇普

書面解釋如下：午夜過後不久，電話鈴響，一個女人要找吉明奈茲先生。我努力跟她說明他在哪兒但她說她聽不清楚。十五分鐘後，她搭了輛車趕來，她一臉苦惱和瞌睡，於是我上樓去叫他。房門沒鎖，我走進去，碰碰他的腳，非常輕柔地叫喚他，然後他跳起來，開始大叫。當他恢復鎮定，他說他夢業[1]，然後他下樓，和那女人一起走了，不需要提。

經理先生，我再次向你請求，請知會酒保，讓我知道，長官，飯店裡哪時來了個女性客人。

C·希爾雅德

十一月二十七日，凌晨一點。酒吧打烊，威利斯先生和一個美國人十九瓶加勒比，而凌晨兩點半，一名警察來找威利斯先生，他說美國人報案，說他被搶了兩百€[2]，他最後是在C飯店與威利斯先生和其他人一起喝酒。威利斯先生和警察要求打開酒吧搜索，我跟他們說，我不能就這樣為你們打開酒吧，警察必須會同經理一起來。然後那美國人說，只是玩笑，他在開玩笑，他們努力讓警察也笑，但警察的想法和我一樣。然後大笑的威利斯先生叫車離開，因為他自己沒辦法開，美國人站在外頭等，他們兩人一爬進車裡便東倒西歪，而且威利斯先生說，老兄，你想透支時，隨時來我的銀行找我。警察自己走路離開。

C·希爾雅德

夜班警衛希爾雅德：「不需要提」！！在這本夜班警衛事件簿當中，不是由你來決定什麼需要提，什麼不需要提。從什麼時候開始，你成了這家飯店的唯一老闆而有權決定什麼需要提？要不是客人告訴我，我永遠也不會知道飯店在夜裡有人尖叫。另外麻煩你告訴我，誰是吉

1 譯註：夢魘，警衛寫白字。
2 譯註：千里達及托巴哥的輔助貨幣單位，為硬幣，等於兩塊千里達及托巴哥元，約等於九點四塊多台幣。

明奈茲先生？他住或者住過哪些房間？而且憑什麼住？我已經親自告訴過你，所有入住飯店的客人姓名都寫在電燈開關旁的板子上。如果你在板子上找到吉明奈茲先生的名字，或者可以給我任何有關他的資訊，我將不勝感激。你問的那名女士是羅斯柯伊女士，十二號房，如你所非常清楚知道的。確保客人不受未經許可來電的騷擾是你的職責。你不該把任何有關客人的資料提供給這些人，如果未來你能把這些來電直接轉接給我，我會很高興。

W．A．G英斯奇普

長官，這正是我問了你兩次的問題，我不知道我做的是哪種工作，我一直相信夜班警衛的工作是份清靜的工作，而且我不喜歡管白人的閒事，但我上去喊的那位住十二號房的先生，確實有這人，我不認為有必要提，是因為根本不干我的事，長官。

C．E．H．

十一月二十八日，午夜十二點，酒吧打烊，酒保在凌晨十二點二十分離開，剩威利斯先生和其他人，他們全在凌晨一點二十五分離開。威利斯先生八瓶加勒比，威爾森先生十二瓶，珀西先生八瓶，那個大家叫他保羅的男人十二瓶。羅斯柯伊太太在凌晨十二點三十三分加入男士們，四瓶琴酒，每個人都喊她千里達來的米妮，然後他們開始唱起那首歌和一些其他的歌。無事不尋常。之後他們在十二號房，輕聲地唱歌和彈吉他。凌晨兩點十七分，一個人走進來，要求使用電話，然後就在他打電話時，有七個男人走進來，想揍他，所以他掛掉電話，他們全在凌晨三點跑走。我發現食物櫃沒上鎖，我往裡瞧，沒有蛋糕，但鎖打一開始就沒掛上，長官。威利斯先生清晨六點又下來，想找甜點，他往冰箱裡看了看，沒看見半個。他拿了一塊鳳梨。冰箱裡還有個蓋起來的盤子，但裡頭沒有任何東西。威利斯先生把它拿出來。貓跳上去，它便掉下來砸碎了。車庫的燈泡沒有燒壞。

C·E·H·

麻煩你在你的報告底下簽上全名。你老寫無事不尋常，麻煩在做這樣的陳述之前，多觀察一下並且仔細想想。我想知道，什麼叫無事不尋常。我得知——不消說並非從你——警察已經開始習慣在夜裡來飯店巡巡。如果你能找時間註記警察每次來的時間，我會非常感激。

W·A·英斯奇普

長官，無事不尋常的意思就是一切都正常。我不懂，不管我寫什麼你都不滿意。我不懂這個夜班警衛變成什麼樣的工作了，從什麼時候開始，擔任夜班警衛的工作，還得有劍橋文憑，我沒有受什麼教育，所以每個人都以為他們可以羞辱我。

查爾斯·艾森貝爾·希爾雅德

十一月二十九日，午夜酒吧打烊，酒保在十二點十五分離開，留下威利斯先生和羅斯柯伊太太及其他人在酒吧。威利斯先生和羅斯柯伊太太在十二點半離開。只剩威爾森先生和他們叫保羅的人，他們全在淩晨一點離開。一點四十分威利斯先生和那夥人又折返，然後在差五分三點時離開。三點四十五分，威利斯先生回來，拿麵包、牛奶、橄欖和櫻桃，他還要肉豆蔻，我說我們沒有，他喝了兩瓶加勒比，十分鐘後離開。他還幫羅斯柯伊太太拿回她的袋子。所有那些酒，除了兩瓶加勒比，都是他們叫保羅的男人拿的。我不懂，長官，我不喜歡這種工作，你最好雇個夜班酒保。五點三十分，羅斯柯伊太太和他們叫保羅的男人回到酒吧，他們起了口角，保羅先生說你讓我噁心，羅斯柯伊太太說我覺得噁心，然後她就吐了一地，還邊咆哮著我不要那該死的牛奶。我清理時，威利斯先生下來要蘇打水，我們得替威利斯先生準備更多的蘇打水，但我需要多一個人幫我應付威利斯先生和那夥人，長官。

警察在兩點、三點四十八分和四點五十二分來。他們在酒吧裡坐好久。後院兩次傳出槍響。警官來問話。我不懂，長官，我想我應該去找別種工作比較好。三點時，我聽見有人大喊小偷，然後我看見一個人從後面跑出去，九號房的倫敦先生說他丟了八塊錢，和一包香煙，都放在他的盥洗包裡。我納悶這地方的人到底什麼時候睡覺。

查斯·艾森貝爾·希爾雅德

夜班警衛希爾雅德：被偷的遠超過八塊錢。事實上整個晚上，偷了好幾個房間，包括我自己的。我們就是雇用你來預防這種事的。你對我們客人品行上的興趣似乎讓你分心而疏忽了你的職責。把你的大道理留到你路邊的禱告會上。七號房的皮克先生說，儘管他已再三懇求非常非常多次，你卻沒有在五點叫醒他，導致他沒搭上前往英屬蓋亞那的班機。今天早上報紙也沒送到每個房間。我再次告知你，務必親自把那些報紙交給門房維格納爾。而且收發員的腳踏車——我得提醒你那是飯店的財產，也遭毀損。你晚上到底在做什麼？

W．A．G．英斯奇普

請別問我，長官。

關於毀損的腳踏車：腳踏車一直擺在原來的地方，我壓根碰都沒碰，沒發生任何會讓它毀損的事。我始終很小心地照看所有財產長官。我不知道你怎會認為我還找得出時間騎腳踏車出去溜達。至於報紙，長官，警察和他們都在翻閱，翻得亂七八糟，在那樣的狀態下，我不認為合適送到房客手裡。我有叫醒七號房的皮克先生，在清晨四點五十分，五點，五點十五分，和五點半。他叫我走開，他不想起床，有一次他還朝我丟了盒火柴，火柴散得滿地都是，我始終盡力把每件事做好，上帝可以替我作證，我從來沒想到夜班警衛的工作會像這樣，要寫這麼多東西，我根本無暇做其他事，我沒有四隻手和六隻眼，我需要人幫我處理威利斯先生和那夥人，長官。我是個窮人，所以你可以謾罵我，但你不能謾罵我的宗教，長官，因為好上帝什麼都看在眼裡，而且會發祂的義怒，長官。我不知道我把自己捲進什麼樣的工作和麻煩裡，我想要的只是一份卑微的安靜的夜班工作，而我所得到的只有謾罵。

查斯．E．希爾雅德

十一月三十，凌晨十二點二十五分，酒吧打烊酒保一點離開，剩下威利斯先生和那幫人在酒吧裡。威利斯先生拿了十二瓶加勒比，威爾森先生六瓶，珀西先生十四瓶，羅斯柯伊太太五瓶琴酒。凌晨一點三十分，羅斯柯伊太太離開，而且十二號房傳出一些歌聲和輕微的吉他聲。無事不尋常。警察在一點三十五分來，在酒吧裡坐了一會兒，沒有喝酒，沒有講話，除了觀看，沒有做任何事。一點四十五分，他們叫保羅的人和SS納帕羅尼號的麥非森先生一起來了，而且只要一有任何東西破，他們就笑得前仆後仰，然後他們叫保羅的男人說好戲就要開鑼告訴米妮，麥爾肯坐的船剛靠碼頭。威利斯先生和一夥人都散了，只留下一、兩個半空的瓶子，然後他們叫保羅的人要我上樓去十二號房，跟米妮．羅斯柯伊說，麥爾肯來了。我不知道人們怎能壞到這種地步，搞得別人都想去當神父了。我注意到吧台門上的鎖斷開，僅掛在一小塊木頭上。而且當我上樓去十二號房並告訴羅斯柯伊太太麥爾肯的船剛靠碼頭時，那女人立刻清醒了，一副聽夠吉他音樂的模樣，她問我哪兒可躲她該去哪兒。我不知道，我覺得算總帳的日子就要到了，但她沒聽我說，她忙著整理衣物，下一分鐘就裝好行李，然後她跑到走廊上，在我來得及阻止她之前，她就直接跑下後面的樓梯，到附屬大樓裡。然後兩點過五分，我人還在走廊上，便看見一個彪形大漢朝我走來，他一臉肅穆，但又瘋狂如醉鬼，而且他問我她在哪兒她在哪兒。我問他是否是經許可的訪客，他說，你現在少給我來那套，她在哪兒，她在哪兒。想起上回吉明奈茲先生的事，於是我便帶他去附屬大樓的經理辦公室。他聽見英斯奇普先生的房裡有窸窸窣窣的腳步聲，我認出英斯奇普先生瞌睡的聲音和羅斯柯伊太太的聲音，然後滿臉通紅的男人衝進去，接下來的五分鐘內，我只聽見砰砰砰咚，以及這個女人尖叫。我不知道這個夜班警衛究竟變成什麼樣的工作，我只想要像警察那樣平靜的工作。過了一會兒，裡頭終於平靜，滿臉通紅的男人拖著羅斯柯伊太太走出附屬大樓，他們搭上計程車，而警察平靜地坐在酒吧裡。然後珀西先生和其他人一個接一個地回到酒吧裡，他們輕聲閒聊著，沒有再喝酒，他們在凌晨三點離開。三點十五分威利斯先生回來，拿了一瓶威士忌和兩瓶加勒比。他想要鳳梨或一些甜的水果，但冰箱裡什麼也沒有。

早上六點，威利斯先生來酒吧找蘇打水，但已經沒有了，我們得替威利斯先生準備更多的蘇打水，先生。

早上六點半，報紙送來了，七點時，我拿去給門房維格奈爾。

查斯·希爾雅德

希爾雅德先生：由於英斯奇普先生很不幸地病倒了，我暫時管理這家飯店。我相信你會繼續提出你每夜的報告，但如果你能盡可能簡短地登錄事項，我會很高興。

羅伯·麥格努斯，代理經理

十二月一日晚上十點半，C·E·希爾雅德在C飯店接班，一切查核無誤，午夜十二點酒吧打烊，凌晨兩點威利斯先生兩瓶加勒比，早上六點一塊麵包。威利斯先生七點一瓶蘇打水。夜班守衛希爾雅德交班給維格奈爾先生一把手電筒，兩副冰箱鑰匙和一、三、六、十二號房鑰匙。酒吧原封不動無報告。

C．E．H．

——一九六二

敵人

The Enemy

我一直把這個女人，我的母親，看成敵人。我做的任何事她都一定會誤解，到最後我覺得她不只誤解我，還相當明顯地討厭我。我只是個孩子，但對她來說，我是多餘的人。

她憎恨我的父親，甚至在他過世後，還繼續憎恨。

她會說，「繼續那樣做啊。你聽好，你是你父親的孩子，不是我的。」

我母親與我之間真正的決裂不是發生在米格爾大街，而是在鄉下。

我母親決定離開我父親，她想帶我回娘家。

我不肯去。

我父親病了，臥床不起。此外，他答應我，如果我留下來和他一起，我就可以得到一整盒蠟筆。

我選擇了蠟筆和我的父親。

我們當時住在卡努皮亞，我父親在當地擔任糖廠的司機（副工頭）。他不是奴隸的司機，而是自由人的司機，但我父親總是一副他們是奴隸的樣子。他騎著一匹高大笨拙的棕馬，在糖廠到處走，啪地一聲把鞭子抽在工人身上，而且大家都說——這點我真的不信——他老是踹工人。

我不相信是因為我父親一輩子都住在卡努皮亞，而且他清楚卡努皮亞人是不受欺壓的。他們不是暴徒，但從不把殺人當回事，而且他們可以蟄伏數年，伺機殺掉他們不喜歡的人。事實上，卡努皮亞和台地是千里達最常發生兇殺案的兩個地方，案件之多足以保證讓派駐此地的員警快速高昇。

起先我們住在營房，但之後，我父親希望搬到不遠處的一間小木屋裡。

我母親說，「你逞什麼英雄。你自己去住在你的房子裡，聽見了沒。」

當然，她是害怕，但我父親堅持，於是我們搬進那房子，然後麻煩真的開始了。

某天正午時分，一個人上門來，對我母親說，「你丈夫呢？」

我母親說，「我不知道。」

那人正用從一株木槿上折下的小枝剔他的牙，他啐了一口口水，然後說，「不打緊，我有的是時間，我可以等。」

我母親說，「我不會讓你賴在我家裡不走。我知道你在想什麼，但我姊妹馬上就要來了。」

那男人笑了而且說，「我什麼事都不幹。我只是想知道他哪時回家。」

出於恐懼，我開始放聲大哭。

那男人大笑。

我母親說，「馬上閉嘴，否則我會讓你真有得哭的。」

我走去另一間房，並且在房內到處走地說，「羅摩！羅摩！希塔羅摩！」這是我父親教我的，遇到任何危險時，我都可以這麼唸。

我朝窗外望去，日頭又亮又熱，在整片廣闊的灌木叢和林木間，不見人跡。

然後我看見我的姨媽從路那頭走來。

她來了並且說，「你們這兒怎麼啦？我正好端端地在家清靜坐著，突然就覺得出了什麼事，我感覺非來一趟看看不可。」

那男人說，「是啊，我知道那種感覺。」

我母親，她是那種無時無刻都非常勇敢的人，開始哭泣。

不過這都只是為了嚇唬我們，而且我們也確實被嚇到。從此之後，我父親總是隨身帶著槍，我母親手邊也老拿著把磨利的短彎刀。

然後，在夜裡，總是會傳出聲音，有時候是從路上，有時候是從屋後的灌木叢裡。迷路想找光源的人所發出的聲音，有來告訴我父親，他在德比的姊妹突然死了的人所發出的聲音，只是來跟我父親說糖廠起大火的人所發出的聲音。有時候這些聲音還會分別從兩、三個方向傳來，我們便清醒地坐在暗黑的屋裡，就只是等，等這些聲音消失，歸於沉寂。但真歸於沉寂時又更加可怕。

我父親總說，「他們還在外頭。他們想要你出去看看。」

而在四或五點時，當晨光升起，我們可以聽見灌木叢裡雜沓的腳步聲，走遠的腳步聲。

一等黑暗降臨，我們便會把自己鎖在屋裡並且等候，有時候好幾天外頭一點動靜也沒有，然後我們又會聽到聲音。

有一天，我的父親帶回來一隻狗，我們叫牠泰山。牠更像一隻玩伴狗而非看門狗，一隻毛茸茸的棕色大狗，我會騎在牠的背上。

當黃昏降臨，我說，「泰山可以進來和我們一起嗎？」

牠不行。牠留在門外哀鳴，用牠的爪子抓門。

泰山沒活太久。

一天早上，我們發現牠被大卸八塊，扔在最上頭的台階上。

在那晚之前，我們沒聽見任何聲響。

我母親開始和我父親吵架，但對於發生在他或者我們任何人身上的事，他表現得毫不在乎。

我母親總說，「你裝什麼勇敢。勇敢又不能保我們誰的命，你聽見了沒。讓我們搬離這地方吧。」

我父親開始在屋內的牆上掛些希望的話，從薄伽梵歌和聖經裡摘出的句子，以及有時就是他自己瞎編的話。

他也更常對我母親發火，到最後，只要她一走進房間，他就會尖叫和朝她丟東西。

因此她回娘家找她母親，而我和我父親留在家裡。

在那段期間，我父親花很多時間躺在床上，於是我也和他一起躺著。那是我頭一次真正和我父親交談。他教了我三件事。

第一件事是這個。

「小子，」我父親問，「誰是你父親？」

我說，「你是我父親。」

「錯。」

「怎麼會錯？」

我父親說，「你要知道，你想知道你真正的父親是誰嗎？神是你的父親。」

「那你是什麼？」

「我，我是什麼？我是——讓我想想，這個，我只是一個次要的父親，不是你真正的父親。」

這番教誨後來替我惹來麻煩，尤其在我和我母親之間。

我父親教我的第二件事是萬有引力定律。

我們坐在床邊，他把火柴盒扔在地上。

他問，「現在，小子，跟我說，這盒火柴為什麼會往下掉？」

我說，「它們非掉不可。不然你想它們怎樣？往旁邊去？」

我父親說，「我來告訴你它們為什麼會掉。它們會掉是因為萬有引力定律。」

然後他向我變了個把戲。他把一個水桶裝了半滿的水，舉到肩頭快速甩動。

他說，「瞧，水不會掉下來。」

但水掉了，淋了他一身，地板也濕了。

他說，「不要緊，我只是加太多水，沒別的。再看一次。」

第二次成功了。

我父親教我的第三件事是調色。那是在他就快過世時。他病得很重，而且他總是花很多時間在發抖和咕噥；就連在他睡著時，我也老聽見他呻吟。

我大部分時間都和他一起待在床上。

有一天他對我說，「你有彩色鉛筆嗎？」

我從枕頭下拿出來。

他說，「你想看變魔術？」

我說，「什麼，你真的會變魔術？」

他拿起黃色的鉛筆，畫了個黃色的方塊並且填滿。

他問，「小子，這是什麼顏色？」

我說，「黃色。」

他說，「現在把藍色鉛筆拿來，然後緊緊地閉上你的眼睛，閉得緊緊的。」

當我張開我的眼睛時他說，「小子，現在這個正方形是什麼顏色？」

我說，「你確定你沒有耍詐？」

他大笑，然後讓我看藍色和黃色是怎麼變成了綠色。

我說，「你是說，假如我摘了一片葉子，然後把它洗乾淨，不停地洗，不停地洗，洗得真得很乾淨，等我洗好，它就會變成黃色或者藍色的嗎？」

他說，「不，你瞧，那些顏色是誰調出來的，你的父親，神。」

我花了許多時間嘗試變戲法。我唯一成功的一個是把兩根火柴頭放在一起，點燃，讓它們黏起來。但我父親知道這個。終於我發明一個我確定我父親不知道的戲法。他永遠不會知道，因為就在我要表演給他看的那個晚上，他死了。

那是非常炎熱的一天，下午天空的雲層變得低矮厚重而且陰黑。屋內幾乎都要覺得冷颼颼了。我父親包得緊緊地坐在搖椅上。豆大的雨滴開始落下，像上百顆拳頭打在屋頂上。天變得很暗，我點燃油燈，在燈芯上戳根大頭針，好讓邪靈不要靠近屋子。

我父親突然停止搖並且低聲說，「小子，聽，快聽，他們今晚來了。」

我們兩人都安靜下來，並且仔細諦聽，但除了風聲和雨聲，我的耳朵什麼也沒聽見。

砰的一聲一扇窗自己打開了，風夾著大量的雨水咻咻地吹。

「天哪！」我父親尖叫。

我走到窗邊。這是個墨黑的夜晚，整個世界成了狂暴和寂寞之境，只有掃過葉子的風和雨。我得奮力抗爭地把窗戶拉上，而且就在我來得及關上之前，我看見一道閃電劃亮天空。
我關上窗戶，等待雷鳴。
那聲音聽起來就像屋頂上有輛蒸汽壓路機在走。
我的父親說，「小子，別害怕。唸我教你唸的。」
我走過去，坐在搖椅腳旁，開始唸：「羅摩！羅摩！希塔羅摩！」
我父親也跟著一起唸。他因為冷和害怕而抖顫不已。
突然他大喊，「小子，他們來了，他們在這裡。我聽見他們在屋子底下說話。外面這麼吵，他們可以為所欲為，沒人會聽得見。」
我說，「別怕，我有這把短彎刀，而你有你的槍。」
但我父親根本沒聽進去。
他說，「但夥計，現在很暗，好暗好暗。」
我站起來，走到桌旁拿油燈，把它放得近點。不過就在這時，天空炸開一聲雷，雷劈得如此低，彷彿就在屋頂上，巨響擂鼓般地轟隆隆了好久好久。然後另一扇窗被吹開，油燈熄滅。風和雨朝暗黑的屋內奔騰。
我父親再一次放聲尖叫。「哦，天哪，好黑。」
我迷失在洞黑的世界裡。我尖叫直到雷聲遠去，雨紛飛成細絲。我完全忘了我為我父親準備的戲法：我把肥皂擦在手心上，直到變乾並且消失。

＊

每個人都同意一件事。我和我母親得離開鄉下。西班牙港是最安全的地方。看我父親笑話的人實在太多，而且看來我的餘生似乎都得背負父親被嚇死的十字架。但不出一個月，我便會忘了我父親，而且我已經開始把自己看做失怙的孩子。這似乎很自然。

事實上，在我們搬去西班牙港後，我開始瞭解父子間的正常關係是什麼模樣——僅僅是揍人和被揍者的關係——當我瞭解此點時，我很慶幸。

起初，我母親耳提面命、再三嘮叨，讓我有自知之明，並且把我父親教我的那些胡說八道全給推翻。我不知道她為何沒更嚴格些，但事實是，沒多久她便對我失去興趣，並且讓我在街上到處跑，僅不時衝出來，追著揍我。

雖然，偶爾，她會絕不讓步，像以前那樣嚴格要求。

有一天她把我留在家中。她說，「你今天不上學，我受夠了替你綁鞋帶，你今天非學會自己綁不可！」

我認為她有失公平，畢竟在鄉下我們沒有人穿鞋，我只是尚未習慣。

那天她揍我，不斷地揍，讓我一次又一次地把鞋帶綁起打結，到最後，我還是無法綁好我的鞋帶。此後許多年這都是我深以為恥的事，因為我竟連那樣簡單的事都做不好，就像我不會剝橘子皮。不過在鞋子上，我卻使了點小把戲。我從不讓我媽買正確的尺寸。我佯裝穿正確的會腳痛，並讓她幫我買大一或兩號的鞋子。一等店員替我把鞋帶綁好，我就再也不解開，穿脱僅是把腳滑進滑出，為了讓鞋子乖乖待在我腳上不亂跑，我還在腳趾前端塞紙。

如果聽我媽說的話，你一定會認為我是個怪胎。在她眼中，幾乎每個她認識的小男孩都比我乖比我聰明。有個她認識的男孩幫他母親粉刷房子。有另一個男孩可以修理自己的鞋。還有個男孩在十三歲時就能一個月賺進整整二十塊錢，不像我只是遊手好閒，喝她的血過日子。

不過，也有偶爾閃現，令人意外的仁慈時刻。

好比某個週六早上替她清洗一些平底玻璃杯時，我失手滑落一個，打破了。在我還來得及做任何處理之前，被我母親看見。

她說，「你怎麼打破的？」

我說，「就滑掉了。它真的很滑很滑。」

她說，「用這些玻璃杯喝東西根本蠢透了，這麼容易就打破。」

然後就沒事了。我擔心起我母親的健康。

她卻從不擔心我的。

她認為這世上沒有任何病是一劑過濃的熱瀉鹽所治不好的。那是我每月得忍受一次的補贖。把整個週末都給毀了。而且假如有什麼她搞不懂的事，她就送我去找特拉格瑞路上的醫官。那真是個可怕的地方，你得不停地等不停地等，然後才能進去看醫生。

在你來得及說「醫生，我哪裡痛」之前，他就已經下手寫你的處方。然後，又來了，你得等著拿藥。衛生所的藥全都一樣，有半吋厚沉澱物的粉紅色藥水。

海特總是這麼說衛生所：「政府採信仰療法。」

我母親認為衛生所是適合我去的好地方。我會在早上八點去那裡，然後下午兩點後的任何時間內回來。那讓我不敢淘氣，而且一年只花二十四毛。

但你也不必覺得我一直像個聖徒般完美。我沒有。遇到我不想聽任何人的話的時候，尤其是我母親的之時，我總會古怪地大動肝火。我總覺得如果我照別人說的做，就會讓自己終生蒙羞。而人生是個可笑的東西，真的。我偶爾會這樣大發雷霆，就只因為我母親急於對我示好。

那天自海特在舊碼頭把溺水的我救起之後，我以此為題，寫了篇散文給我的校長。「濱海的一天」。我不認為有哪個校長曾收到那樣的一篇散文。我描述我如何差點溺斃，而在我面對死亡時又是如何冷靜，我的心，全然地平靜，想著「好吧，小子，這就是終點。」老師如此高興，給了我十分，十二分是最高分。

他說，「我覺得你是天才。」

當我返家，告訴我母親，「我今天寫的那篇散文得了十分。十二分是最高分。」

我母親說，「你怎麼這麼厚臉皮，怎麼這麼大膽，敢在我面前撒謊？你是想我摑你一掌，把你的臉甩歪嗎？」

最後我讓她相信這是真的。

她隨即軟化。她在吊床上坐下，並且說，「兒子，過來坐在我旁邊。」

就在這時，那股瘋狂的怒火直沖腦門。

我完全沒來由地變得非常生氣，我說，「不，我不要過去坐在你旁邊。」

她笑了，哄著我。

但只讓我變得更生氣。

漸漸地，友善褪去，開始變成兩個意志間的拉扯角力。我寧願溺死也不要用服從來羞辱我自己。

「我叫你過來坐在這兒。」

「我不坐。」

「解下你的皮帶。」

我解下，並且交給她。她給我一頓好打，我的鼻子都流血了，但我還是不坐吊床。

碰到這種時候我總是哭泣，並非真想哭，「假如我父親還活著，你就不會這樣對我。」

＊

於是她仍舊是敵人。她是等我長得夠大之後，就想逃離之人。事實上，那正是成年期對我的誘惑。

那時候，西班牙港進步飛快。美國人把大筆資金投入千里達，英國人則大談著殖民地的發展和福利。

這些進步的可見跡象之一是茅坑的滅絕。我恨死這些茅坑，而且我總納悶到底是哪種人會在夜裡開卡車來，把這些穢物載走；而且永遠深怕自己會掉入坑裡。

海特是那些頭一個蓋像樣廁所的人，我們轟轟烈烈地敲掉他的舊茅坑。所有的男孩和男人都去幫忙。我當時太小無法幫忙，但我跑去看。那些牆一面接一面地被敲掉，最後只剩一面牆。

海特說，「男孩們，讓我們試著把這面牆一整塊地敲下來，不要敲破。」

他們做到了。

牆晃了晃，開始倒下。

在那瞬間我一定是瘋了，我竟然做出超人的舉動，試圖去撐住倒下的牆。

我只聽見有人大喊，「哦，天哪！小心！」

＊

我正坐在巴士上旅行，隸屬山姆加油站的一輛綠色巴士，從西班牙港開往小谷。巴士上擠滿老婦人，紮著鮮豔的印花頭巾，帶著一簍簍的青芋，山藥，香蕉，還有東一堆西一堆的雞。突然間所有婦女都開始喋喋不休，雞也開始咯咯叫。我感覺頭要裂開了，當我試圖對那些老婦人咆哮，卻發現自己張不開嘴，我又試了一次，但只聽見，現在變得更明晰了，那喋喋不休的談話聲。

水倒在我臉上。

我平躺在一個水龍頭底下，好多張臉從上頭俯瞰著我。

某個人喊著，「他醒了。沒事了。」

海特說，「你感覺怎樣？」

我說，試著大笑，「我覺得還好。」

哈庫太太說，「有哪裡痛嗎？」

我搖搖頭。

但，突然我全身都開始痛，我試著挪動我的手，但很痛。

我說，「我想我的手斷了。」

不過我還可以站，他們便幫著我走進屋裡。
我母親來了，我可以看見她雙眼清亮，濡濕著淚水。
某個人，我不記得是誰，說，「小子，你可讓你媽擔心死了。」
我看著她的眼淚，覺得自己也快哭了。我已經發現原來她會擔心煩惱我。
那一刻，我多希望我是某個印度神祇，有兩百隻手，這樣就有兩百隻手可斷，好享受那樣的時刻，並且再看見我母親的眼淚。

——一九五五

小綠與小黃

Greenie and Yellow

但小藍才是這故事的主角。

起初小藍是地下室那對威爾斯夫妻的。我們常聽見屋內傳出小藍的聲音，但幾乎沒見過牠。我只有在下樓到地下室窗外的垃圾箱倒垃圾時才會看見牠。小藍是灰藍色的；很活潑，幾乎有點過動，有對沒修剪的翅膀，讓籠子似乎顯得太小。

當威爾斯夫妻回威爾斯後——我想路易斯太太要生小孩了——他們決定把小藍送給女房東，庫西太太。她接受時我們都很驚訝。她並不喜歡路易斯一家人。事實上，她不喜歡她的任何一位房客。她跟我批評每一位房客，而我猜她也跟房客批評我。你不能怪她：這屋裡住了太多房客。除了一樓的一間客廳，在地下室樓梯頂端平台上的廚房，和地下室某處的一間臥室，庫西家的整棟房子都租出去了。庫西家沒有小孩，正為老年存錢。事實上暮年已至，但他們不知道。

庫西太太很喜歡小藍。她總是埋伏在她半開的門後，一等我們走過門廳，她便跳出來；但現在可不是問誰多拿了牛奶，或者誰用完浴室沒清理就走了；而是要我們進她房間去看小藍、聽牠叫，並且欣賞她把牠的籠子布置得多好。

過去我從地下室窗外所看見的籠子，是個小巧優雅的玩意兒，裡頭有搭配小藍羽色的藍色棲木，兩個玩具鞦韆，一個飼料槽，一個水槽，和一個彈簧門。現在每週五都會增加新玩意兒：庫西太太週五採購。第一個添購品是彩色塑膠做的玩具摩天輪。第二個是飼料鐘；當小藍啄食時，會發出叮鈴聲。第三個是一面小圓鏡。就在這些添購品讓小藍快沒什麼活動空間時，庫西太太又放進別的東西。新朋友是個紅喙小雞，從有完美鋸齒的蛋殼裡冒出，全是塑膠做的，底部加重，以保持直立。

小藍很愛牠的玩具。牠不斷搖著雞和蛋殼，盪著鞦韆，讓摩天輪旋轉，飼料鐘叮噹。牠咯咯叫、聒噪不休和鳴啼，並且不時發出興奮的小尖叫聲。

但牠不會說話。為此庫西太太怪路易斯太太。「你看見了嗎？牠們就像小孩。你得訓練牠們。但她沒時間。她太嬌貴，成天只會玩和嘻嘻傻笑。」

庫西太太買了本小書《你的阿蘇兒》，並且壓在桌上的厚玻璃煙灰缸下。她說裡面都是好竅門；而且她讀了之後，便開始訓練小藍。她不斷和牠說話，讓牠習慣她的聲音。然後她又替牠取了個名字：喬伊，小藍從來不認得這名字。某個星期六，當我下樓去付牛奶錢，庫西太太告訴我，她也用手指訓練小藍，讓牠飛出籠子，停在她的手指上。兩、三天後她叫我進去，把小藍從窗簾頂弄下來，牠正在上頭活力十足地嘎嘎叫，尖叫和拍動翅膀。不管叫「喬伊！」或者庫西太太咕咕叫，或者伸出她的手指，小藍都不下來。我費了好一番勁才把小藍弄回籠子裡。

手指訓練中止，喬伊一名也放棄。庫西太太就只喚牠小藍。

春天來了。兩個後花園外的法國梧桐——在這排房子背面，和據說是全英國最大戲院背面之間，唯一的一棵樹——被染上綠色。在某些太陽探出頭的日子，一天有一、兩小時陽光會照亮我們的後花園，更正確地說，庫西家的花園：房客不准進出。庫西太太把小藍和籠子放到外面，並且坐在旁邊織晨袍。麻雀在籠子周圍飛；但牠們是來挖庫西先生倒滿柴灰的空花床，而非攻擊小藍。而且小藍知道自己很安全，牠從一個鞦韆跳到另一個鞦韆，轉牠的摩天輪，在牠的小鏡子上磨牠的鳥喙，並對自己的倒影柔聲咕咕。飼料鐘叮噹，紅嘴雞來回搖擺。小藍再也沒有這麼快樂過。

＊

某週五近傍晚時我走進門廳，看見庫西太太的門半敞著。我配合地讓她嚇我一跳。她粉紅框的眼鏡後，水汪汪的藍眼滿是淘氣。我跟著她走進房間。

小藍不再孤家寡人，牠有伴了，一個活的伴。是隻綠色的小鸚哥。

「就今天早上牠飛進花園，」庫西太太說，「真的，哦，牠一定是個聰明的傢伙才能躲開那些撒野的小麻雀。聰明，對不對，小綠？」

小綠比小藍豐滿些，而且我覺得小綠是個自大狂。牠立刻開始秀給我們看牠的本事。

在一連串小小的劈啪聲中，小綠張開一隻翅膀，收攏，然後張開另一隻。牠也可以側傾地單腳站立，而且當牠啄一根棲木時，棲木似乎隨時會垮。牠比小藍吵，而且雖然小綠那麼大隻，卻比小藍敏捷。小綠看起來就像那種可以躲過麻雀攻擊的鸚哥。但牠曾過著自由許多又經常化險為夷的經歷讓牠變得有些像惡霸。就連我們站在籠子前時，牠都敢欺負小藍。小綠尖叫又拍翅地引誘小藍到摩天輪旁。小藍去了，用鳥嘴推摩天輪轉，並且等著再讓它轉一圈。在小藍還來得及這麼做之前，小綠撲向小藍，翅膀拍動得如此用力，連籠底的沙都飛起。小藍撤退，抱怨著，對於小藍的抱怨，小綠反嘎相譏。摩天輪對小綠毫無意義；在小綠的流浪生涯中，並未學會轉摩天輪的技藝。片刻之後，小綠從摩天輪處飛走，棲息在一個鞦韆上。小綠邀請小藍再轉摩天輪。小藍轉了，然後那可恥的爭吵開始沒完沒了。

庫西太太輕輕發出哦啊聲，「現在你有了個真正的朋友，不是嗎，小藍？」

小藍沒在聽。牠正匆匆離開摩天輪，走向紅嘴小雞。小藍發狂地啄那隻紅嘴小雞。

「就像小孩子，」庫西太太說，「牠們會吵架打架，但牠們是好朋友。」

小藍的日子開始難過了。小綠從不停止賣弄；而小藍，繼續被欺負和嘎嘎叫，越來越少回嗆。到那週結束時，牠似乎連抗議的意願都失去了。現在是小綠讓小鞦韆盪著，小綠猛敲飼料鐘讓牠響，小綠讓房裡充滿噪音。庫西太太並未試著教小綠說話，而且我不認為她曾想過要訓練牠站在手指上。「小綠是個大男孩。」她說。

看大男孩如何對著摩天輪發愁倒是頗令我覺得有趣。小綠搖著摩天輪，讓它咯咯響，但就是無法讓它轉。

「小藍，你怎麼不教牠？」庫西太太說。

但小藍已經對庫西太太所有的擺飾失去興趣，包括那隻塑膠小雞。小藍留在籠底，幾乎不動。最後，小藍文風不動地站著，羽毛永遠蓬起，不時發抖。牠的眼睛半閉，白線框起的眼瞼看起來敏感又脆弱。牠的腳開始腫脹，直到變成白色和起鱗片。

「牠只是絕望，」庫西太太以令人吃驚的激動口吻說，「別怪小綠，我盡全力訓練小藍，牠不在乎，而現在是誰倒楣？」

幾天後她痛悔，「那不是牠的錯，可憐的小藍藍。牠腳指甲長進肉裡了。還有牠的腳是這麼髒。牠已經好久沒洗澡了。」

我留下來看，庫西太太把玻璃煙灰缸裡的大頭針、迴紋針和橡皮圈全給倒出來，注入溫水。她打開電暖氣，並在暖氣前把一條毛巾烘暖。她朝籠裡伸進一隻手，小綠猛啄並且嘎嘎叫，把小藍拖出來，放入煙灰缸的水裡。小藍馬上變得只有一半大。牠的羽毛緊貼在身上，彷彿是第二層皮膚。庫西太太拿石碳酸皂在小藍身上搓洗，然後把牠放進煙灰缸裡漂淨，再用暖毛巾擦乾。最後，小藍一身濕漉漉的亂羽，神情沮喪。「好啦，小藍。乾了，現在讓我們看看你的指甲。」她把小藍放在左掌心裡，並且拿起指甲剪伸向小藍腫脹的腳。換做一個月前，如果獲得這樣的自由，小藍一定會飛上窗簾頂。但現在牠只是靜靜地站著。小藍突然尖叫，並且扭動幾下。

「可憐的小藍，」庫西太太說，「我們剪到了牠的小腳。」

小藍沒康復。牠的腳變得更鱗片化，更腫而且歪扭。牠的下鳥喙長出一片指甲狀，極薄的瘤，而且往上長，導致很難進食，根本不可能啄。上鳥喙上頭並冒出一個海綿狀的瘡。

現在就連小綠也不再欺負牠。

＊

夏天時庫西先生做了件他嚷了好久的事，粉刷門廳和樓梯。他選用了一種無光澤的普通藍色油漆，不過這油漆很快就顯露其非凡的特色。油漆無法乾透。門的內面滿是骯髒的污跡，而且欄杆上全是房客手指所留下來的發黏的藍色條紋。庫西先生把門再粉刷一次，並貼了張告示：注意油漆未乾，注意下頭還加了三條底線。他也在外頭的門階上用粉筆寫下警語。但兩週後，油漆還是沒有乾，而且看來，門必須再重刷一次。庫西先生把告示壓在門廳桌子的玻璃下，一張比一張簡慢。他很擅長使用簡慢的語言，這並不令人意外，因為庫西先生曾是某個公營企業總公司的門房或管理員或什麼的。無論如何，那是一個重要的職位：他跟我說，他手下有三十四名清潔工。

我從未習慣這些濕油漆，有一天，當我走進門廳，正惱怒地想是否該把油漆抹在壁紙上時，庫西家的門大敞，我看見庫西先生。

「喝一杯，」他說，「雞尾酒。」

我很怕庫西先生的雞尾酒：這太明顯是身為房東的好處之一。但我還是進去了，把手指抹在我的晚報上。房內散發著油漆和亞麻子油的氣味。

庫西太太坐在她的扶手椅裡，眉開眼笑地望著我。她的手有些太過端正地擺在她的膝上。顯然她有什麼寶要現。

擺在縫紉機上的鳥籠蓋了一塊藍布，是庫西太太某件舊洋裝的一部分。正是遲暮，外頭仍有光線，但屋內卻是暗的：庫西家絕非必要，是不喜歡用電的。庫西先生把他的雞尾酒遞過來。庫西太太搖搖頭拒絕。我接受了但沒馬上喝，庫西先生卻啜飲著。

藍布後頭傳來輕微的窸窣、翻滾和啁啾聲。庫西先生太太安靜地坐著聽。我也在聽。

「新來一隻。」庫西先生說，呷著他的雞尾酒並咂嘴發出小小的啵啵聲。

「牠也是自己飛來花園的嗎？」我問。

「是『她』！」庫西太太喊。

「啵啵，十塊錢，」庫西先生說，「公的要十二塊半。」

「我們還幫她弄了個巢箱。」

「但巢箱我們沒付錢，貝絲。」

庫西太太走到籠子旁站著。她把雙手擱在藍布上，沒有馬上揭開。「她是最嬌美的小東西。」

「黃的。」庫西先生說。

「就是與小綠天造地設的那種鳥。」以一種炫耀的誇張手勢，庫西太太把籠子上的藍布掀起。

那不是我之前熟悉的籠子，是一個比較大、比較粗糙的玩意兒，以鐵網做的，僅有基本的裝飾——就兩根橫槓架在鐵網上。我只看見小綠，牠正安分下來準備睡覺。沒看見小黃。

庫西太太咯咯笑，頗以我的失望為樂。「她在裡頭好嗎，只不過是在她的巢箱裡！」我看見籠子的後方掛著個小木箱。庫西太太輕敲幾下。「出來，小黃，讓叔叔看看你。出來，出來。我們知道你在哪兒。」一顆小小的黃色腦袋從箱子上的圓洞裡蹦出，不安地左右轉動。庫西太太又敲了敲箱子，小黃溜出巢箱到籠子裡。

小黃的體型比小綠或小藍小。她不安且好奇地在籠裡到處晃。她肯定還不想睡，而且她也不想讓小綠睡。她跳到小綠站著的橫槓上，後者的頭弓起，埋進胸口，小黃啄了小綠。小綠甩甩渾身的羽毛，但沒有張開眼睛。小黃頂了小綠一下，或許出於騎士精神——雖然我從不相信小綠有——也或者小綠只是太睏了。總之小綠沒有反擊。牠退讓再退讓，直到無處可退。然後牠跳下來，棲在另一根橫槓上。小黃尾隨著。當小黃第二次讓小綠換地方，她便對它失去興趣，轉而回自己的巢箱。

「你看見了嗎？」庫西太太說。「她對它有意思。店裡的人說，等牠們對彼此有興趣之後，預計十天內就可能下蛋了。」

「十二天，貝絲。」

「他跟我說十天。」

我試著轉移話題。我說，「牠們有新籠子住了。」

「庫西先生做的。」

庫西先生啵啵作響。

他還替籠子上了漆。用那藍色的油漆。

小黃從她的巢箱洞裡探頭出來。

「哦，她真是對小綠有意思。」庫西太太把藍布放回籠子上，「我們不可以這麼淘氣，別去打擾它們。」

「我的一個清潔工，」庫西先生說，暫停，刻意強調所有格形容詞，「我的一個清潔工養雞和火雞。聖誕節時賺了一大筆。好大的一筆。」

庫西太太說，「我可不想賣我的小綠和小黃們。」

我突然想起，「小藍呢？」

我覺得庫西太太不想被提醒。她把小藍的籠子擺放處指給我看，在地上，被一把扶手椅和一個書櫃遮住，書櫃上書極少，但有許多瓷器動物。在許多華麗裝飾之間，小藍在牠籠子裡一動不動地站著，單腳，羽毛豎聳起，頭低垂。

「我不能把牠丟掉，不是嗎？」庫西太太聳聳肩，「我已經對牠仁至義盡。」

＊

小綠不羨鴛鴦只羨仙。

「她正在馴服小綠。」庫西太太說。

小綠確實變安靜了。

「或許牠想念小藍。」庫西先生說。

「聽聽他說的。」庫西太太說。

小黃依舊渴望、煩躁、好奇地在她的巢箱裡跑進跑出。庫西太太給我看巢箱設計得多精巧：你可以把後面的木板滑開，查看是否有蛋。她數算著日子。

「現在七天了。」

「九天，貝絲。」

「七天。」

然後，「小綠在裝傻。」庫西先生說。

「瞧瞧，五十步笑百步。」庫西太太說。

兩天後，她在門廳遇見我並說，「小綠出事了。」

我去看。小綠現在和小藍一樣，不健康地靜止不動：小綠的羽毛豎起，雙眼半閉，頭埋進胸口。小黃在小綠周圍蹦蹦跳跳，不是好鬥或者好玩，而是困惑。

「你看見了嗎？她愛小綠。我試著餵小綠。用眼藥水瓶裝牛奶。但小綠什麼都不肯吃。跟我說哪裡痛，小綠，跟媽咪說哪裡。」

那是個週五，當庫西太太打電話給皇家防止動物虐待協會，他們要她週一帶小綠過去。整個週末小綠都在惡化。庫西太太盡了最大努力。雖然天氣暖和，但她還是一直開著電壁爐，這可是庫西家人就連在冬天都不肯做的奢侈事。永遠有條毛巾在火前烘著，另一條則裹著小綠。

週一，庫西太太幫小綠換上條乾淨的毛巾，帶牠去看醫生。醫生開了某種液體，並警告庫西太太不要餵小綠牛奶。

「他說了什麼中毒不中毒的，」庫西太太說，「好像我想對我的小綠怎樣似的，但你應該看看那醫生。什麼醫生！他只是個男孩。他要我週五再帶小綠去。這中間隔著四天。」

第二天傍晚我進去時，手指又沾到門上的藍漆，庫西太太在門廳遇見我。我跟著她走進房間。

「小綠死了。」她說，她非常冷靜。

門很派頭地打開，庫西先生走進來，穿著雨衣，戴著圓頂禮帽。

「小綠死了。」庫西太太說。

「啵啵。」庫西先生脫掉帽子和風衣，並且小心翼翼地放在餐桌櫃旁的椅子上。

在接下來的沉默中，我不敢看庫西家的人或者縫紉機上的籠子。小藍籠子的角落很暗，我花了點時間才能清楚辨物。小藍的籠子空了。我抬眼看向縫紉機。小藍在籠內與小黃一起；小藍垂著頭站在底層，雙眼緊閉，一隻腫脹的腳抬起。小黃壓根沒注意到小藍，小黃不安地從一根橫槓跳到另一根橫槓，不停地發出輕微的窸窣聲。然後小黃從洞裡溜進巢箱，安靜無聲。

「她還是興致高昂，」庫西先生說。他看著小藍，「說不準有希望。」

「行不通的，」庫西太太說，「她愛小綠。」她那張老婦人的臉崩解，她在哭。

庫西先生打開餐桌櫃上的門，乒乒乓乓地找雞尾酒。

庫西太太擤擤鼻子，「哦，牠們就像孩子。你就是會對牠們投入這麼多感情。」

實在想不出該說什麼，我說，「我們全都很喜歡小綠，庫西太太。我喜歡小綠，而且我相信庫西先生也喜歡。」

「啵啵。」

「他？他才不在乎。他鐵石心腸。你知道嗎，他今天早上還看了小綠一眼，跟我說小綠看起來比較好了。他就是那個樣。天塌下來也無所謂。」

「不是那樣，貝絲。灰常震驚，灰常。」

*

小黃再也沒從巢箱裡出來。兩天後小黃也死了。庫西太太把她埋在花園裡，在小綠旁邊。我看見籠子和巢箱被砸爛了，扔在庫西先生花園小木棚裡的那堆舊木料上。

在庫西家的起居室裡，小藍和牠的籠子再次擺回縫紉機上的老位置。慢慢地，一週一週過去，小藍比較好了。牠終於能用雙腳站立，終於能在籠子底層拖著腳走一兩吋遠。但小藍的腳永遠沒有完全好起來，而且鳥喙上的增生物也沒消失。鞦韆不再搖擺，摩天輪也靜止不動。

*

應該是三個月後。某個週六早上，我下樓去付庫西太太牛奶錢。因為必須找零給我，她得先到處找眼鏡，然後找她放零錢的花瓶。她把一些鈕釦從一只花瓶中倒出，把大頭針從另一只中倒出，再從第三只中倒出扣件。

「可憐的老太太。」她不斷嘀咕——她總這麼說自己。她手忙腳亂地摸找更多的花瓶，然後停下來，臉上擠出一朵微笑，把她張開的掌心伸向我。我在上頭看見兩把彈簧鎖鑰匙和一顆小小的白色頭骨，完整，脆弱。

「小綠或小黃，」她說，「我還真不能跟你說是誰的，麻雀挖出來的。」

我們雙雙看向籠子裡的小藍。

——一九五七

完美的房客

The Perfect Tenants

早在他們來之前，我們就聽說達金這家人了。「他們是完美的房客，」女房東庫西太太說，「他們的房東太太親自帶他們來見我。她說失去這樣的房客實在遺憾，但她要離開倫敦，去接管班森的一家飯店。」

達金一家非常低調地搬進來，以致我好幾天後才發現他們已經住進這屋裡。在週六和週日我聽見樓上傳出清洗、刷洗和清掃地毯的聲音。到了週一又恢復安靜。

那星期之間，我只在門階上遇到他們一、兩次。達金太太四十上下，高瘦，有個甜美的笑容。「她當過女警，」庫西太太說，「警長，我想。」達金先生年紀和他太太一樣，看起來像個運動員。但他粗獷英俊的臉孔非常嚴肅。他的招呼語簡短，堅定，不會讓人想與之攀談。

他們的行為堪為表率。他們從未有訪客，從未有電話。他們煮菜的氣味從未飄出。他們從不積攢他們的牛奶瓶，同時，也絕不讓空牛奶瓶在白天時留在門階上。而且他們很安靜。他們沒有收音機。清掃中的刷子、掃把和掃毯器聲是唯一的聲響。有時候在夜裡，當街道一片靜謐，我聽見他們在他們的臥室中：輕柔的窸窣被偶現的簡潔低沉轟隆聲打斷。

「每個階層裡都有值得敬重的人，」庫西太太說，「但現在世道變了，你很難分得清楚。瞧瞧西摩爾一家。半夜偷偷跑到浴室，一起把水潑灑得到處都是。甚至連英國廣播公司的人都不能信任。記得那個阿拉伯人吧。」

達金一家很快變成最受寵愛的房客。庫西先生邀請達金先生下來喝「雞尾酒」，達金太太邀庫西太太上樓喝茶，庫西太太告訴我們她對樓上的樣貌很滿意。「他們非常講究。」庫西太太說。在她口中，這已是最大讚美，我們全都感到難為情。

＊

從庫西太太那兒我失望地得知達金家也有他們的問題。「他從樓梯上跌下來，摔斷手，但他們不肯給任何賠償。手臂歪了，他甚至不能去海邊。更糟的是，他沒法好好工作。他是電工，你知道他們都要爬高。但結果呢，你可瞧見了。他們不在乎。對他們來說三百磅算什麼？但他們肯給嗎？你知道工頭還真把梯子給燒了？」

我沒注意到達金先生有任何缺陷。在我的印象中，他是一個嚴峻令人生畏的人。但現在我改觀了，能如此靜靜地忍受他的不幸，讓人對他更感興趣也更尊敬。我們經常在樓梯上相遇，除了互相問候，從未多說。要是沒有庫西家的除夕派對，情形應該會一直如此。

那段時間我在庫西家失寵了。我積了十五個空牛奶瓶，堆在門階上，送牛奶的人拒絕一次收走。因此六個隨便洗洗的牛奶瓶得在門階上擺一整天，有損庫西太太房子的格調。於是庫西太太和送牛奶的人之間發生了些不愉快，而那些不愉快很快便轉嫁到我身上。

那天傍晚，當我走進去時，庫西家起居室的門是開的，裡頭傳出笑聲、跺腳聲和電視機的音樂聲。庫西先生正從廚房裡端著一個托盤走過來，尷尬地看著我。他迅速閉攏雙唇，把假牙包起來的時候弄出了啵啵聲。

「啵啵，進來，」他說，「喝一杯，雞尾酒。」

我進去了。庫西太太沒喝醉但神情歡快。笑聲和踱步聲是達金家人發出來的。他們在跳舞。無論何時，只要達金先生讓達金太太轉圈，她就會尖叫，而對一個左手臂受到永久傷害無法復原的人來說，他表現得非常好。當達金太太看見我時，她尖叫，庫西太太則咯咯笑，好像取悅達金家人是她的責任。住我樓下那層的夫妻也來了，她坐在一張扶手椅上，他坐在椅子扶手上。他們穿著他們小地方風格的平日服裝，看起來拘束並且不大高興。我想起這對夫婦叫針織機先生和針織機太太。他們有數不清的小玩意兒：當代的咖啡桌和燈臺，一個虹吸式咖啡壺，一台唱機，一台手提電視和甚高頻收音機組，一輛一九四六年的福特安格利亞，在適當的季節會貼上一張廣告：免費搭乘到格林斯本風險自負；還有一台從不閒置太久的針織機。

音樂停了，達金太太假裝昏厥在她丈夫受傷的臂彎裡，庫西太太拍手。

「自便，請自便。」庫西先生喊。

「還要一杯嗎？親愛的？」針織機先生對他的太太輕聲說。

「要啊，要啊。」達金太太大嚷。

針織機太太不懷好意地對達金太太微笑。

「威士忌？」庫西先生說，「啤酒？雪利？健力士黑啤？」

「給她雞尾酒。」庫西太太說。

庫西先生的雞尾酒在他的老房客中相當知名。他在一個重要的公營企業裡擔任要職——他說他手下有三十四名清潔工——至於他雞尾酒的原料品質和配方則啟人疑竇。

針織機太太接下雞尾酒，不起勁地啜飲著。

「那你呢？」庫西先生問。

「健力士。」我說。

「健力士！」達金先生嚷，頭一次興味十足且和善地看著我，「你在哪兒學會喝健力士的？」

我們坐得挨近些，聊起健力士。

「當然，愛爾蘭的最好喝，」他說，「濃醇香滑。你家鄉的喝起來如何？」

「我在那裡不能喝，那裡太熱。」

達金先生搖搖頭，「不是氣候的關係，是健力士，它不能長途跋涉，會壞掉。」

沒多久就到了唱〈友誼萬歲〉的時候。

第二天達金一家又變回模範生，但此後當我們相遇，會停下來就天氣聊上幾句。

＊

大約四週後的某天傍晚，我聽見樓上隱約傳來騷動聲。腳步乒乒乒地奔下樓，有人猛捶我的門，然後達金太太衝進來，哭喊著，「是我先生！他痛得打滾。」

我還沒來得及說任何話，她便跑出去，往下衝到針織機先生家。

「我先生痛得打滾。」

針織機先生說，「打電話叫醫生。」

我走出房門，站在樓梯平台上看以表關切。達金太太叫醒庫西夫妻，傳來更多的驚呼聲，然後我聽見撥電話的聲音。我回到我的房間。想了想決定讓自己的門大開：另外一種以表關切的方式。

達金太太，庫西太太和庫西先生匆忙奔上樓。

針織機先生的機器又開始嗡嗡作響。

現在有人在我的門上叩了叩，庫西先生走進來，「啵啵。天殺的，上頭跟火爐一樣熱。」

他鼓起雙頰，「難怪他會生病。」

我問達金先生的狀況。

「要我說，就是有點消化不良。」然後像是一個什麼大風大浪沒見過的人般，他補充道，

「我的一個清潔工上週突然病倒，腦瘤。」

醫生來了，達金家的公寓裡充滿腳步聲和交談聲。庫西先生樓上樓下跑，氣喘吁吁，不停地啵啵響。達金太太啜泣，庫西太太在安慰她。街上傳來救護車的嗚笛，沒多久，達金先生、達金太太和醫生走了。

「盲腸炎，」庫西先生告訴我。

針織機先生打開他家的門。

「盲腸炎。」庫西先生朝下喊，「樓上還真是熱得像火爐。」

「他很冷。」庫西太太說。

「呸！」

庫西太太一臉擔憂。

「沒什麼大不了的，貝絲，」庫西先生說，「希特勒把他所有士兵的盲腸都摘掉了。」

針織機先生說，「我的兩年前也摘掉了。小小一道疤。」他用第一節食指比出那長度，「大約這麼長。那跟緊張不安有關。當你沮喪或者煩惱時就會得到。我老婆就在我們要去法國之前，得把她的摘掉。」

針織機太太走出來，嚇人地微笑著，露出她的短方牙和高牙齦，兩隻小眼歪擠在一起。她說，「哈囉。」並且套上羊毛手套，可能是她剛剛在她的機器上織的。她穿著條花呢裙，一件紅毛衣，一件棕色的棉絨外套，和一頂紅白相間的貝雷帽。

「盲腸炎。」庫西先生說。

針織機太太僅再次笑了笑，便跟在她丈夫後頭下樓，走向一九四六安格利亞。

「真可怕。」我躊躇並試探性地對庫西太太說。

「啵啵。」庫西先生看著他的妻子。

「真可怕。」庫西太太說。

我們為了牛奶瓶失和的事算是告終。

庫西先生變得很活潑。「沒什麼大不了的。用不著大驚小怪。天哪，他們把這屋子弄得像火爐。」

達金太太在十一點左右回來。她的雙眼還是紅的，但已經鎮定。她描述護士們很和藹可親。然後，為了替這不尋常的傍晚劃上句點，我聽見——在週間的午夜——樓上傳來掃毯器的聲音。針織機太太像平常那樣地抱怨。她打開她家的門，大聲地和她丈夫談論有多吵人。

＊

第二天一早，達金太太又去醫院，快中午時她回來，而且一進門廳就開始哭，哭得如此大聲，連在二樓的我都聽得見。

我走下樓時看見她在庫西太太的臂彎裡。庫西太太臉色蒼白，雙眼濡濕。

「發生什麼事了？」我輕聲問。

庫西太太搖搖頭。

達金太太靠在庫西太太身上，顯得瘦小許多。

「而我的兄弟明天要結婚！」達金太太哭出來。

「好啦，艾娃，」庫西太太口氣堅定地說，「跟我說說醫院出什麼事了。」

「他們用一個玻璃管餵他吃東西。他們把他列在病危名單上。而且——他的床在門邊！」

「那不代表什麼，艾娃。」

「有！就有！」

「胡扯，艾娃。」

「他們把他床周圍的簾子拉起。」

「你要勇敢，艾娃。」

我們把達金太太帶到庫西太太的起居室，讓她坐下，看著她哭。

「盲腸在他肚子裡破了，」達金太太的手劃過自己的身體，比出誇張的手勢，「他們必須把肚子整個剖開——把它刮除。」說完這恐怖的字眼，她便任由絕望吞噬自己。

「好啦，艾娃，」庫西太太說，「他不會喜歡你這個樣的。」

*

在達金太太不去醫院的空檔，我們大家輪流照顧她。病況並未好轉。達金太太和庫西家人喝茶。她和針織機太太喝茶。她和我喝茶。我們興高采烈地聊著所有的事，除了病人，而且達金太太十分勇敢。她甚至跟我說起她在當警察時的一些驚險事蹟。她也抱怨。

「那天晚上庫西先生上樓來說的頭一句話就是屋子熱得像火爐。但我不能不那樣。我先生很冷。跑上來講那樣的話還真是夠怪！」

我廚房裡有個巨大的維多利亞式梳妝台，上頭堆滿雜誌，我從中拿了許多本給達金太太。我注意到，針織機太太也做同樣的事。

庫西先生調整自己的態度，讓自己顯得正經些。他以一種悲傷，卻醫學的方式討論這個手術。「當那玩意兒在裡面破裂時，你知道的，會感染整個身體。所以他們才必須把他的肚子切開。把裡頭清乾淨。他們後來幾乎很難存活。」

庫西太太說，「他是這麼好的一個人。我現在很高興在除夕夜時我們都玩得很開心。真正讓我感到難過的是她。你知道嗎，他是她的第二任。」

「哦，原來，」庫西先生說，「有些女人是會那樣。」

我告訴針織機先生，「他是這麼好的一個人。」

「可不是嗎？」

我聽見達金太太在每個人的房裡啜泣。我聽見她在樓梯上啜泣。

庫西太太說，「所有的事都太可怕了。她的兄弟昨天結婚，但她不能去參加婚禮。她有發個電報去。他們要過來看達金先生。任誰都不該在蜜月時遇上這種事吧！」

＊

達金太太的兄弟和他的新娘從威爾斯騎摩托車來。他們到達時達金太太人在醫院，於是庫西太太招待他們喝茶。

那天晚上我沒看見達金太太，但當天很晚時，我看見新婚夫妻拿著用衛生紙包起的瓶子跑上樓。他是個大塊頭——庫西太太說，是足球員——當他跑過樓梯時，不論你在屋裡的哪個角落都能聽見。他的新娘非常嬌小，鄉下姑娘的感覺，很爽朗。他們又東摸西摸了一會兒才睡。

第二天早上，當我下樓拿報紙時我看見足球員的摩托車停在門階上，漏了好多油。

同樣地，當天達金太太並沒來我們房間，而當晚，樓上的房內開起另一個派對。我們聽見足球員粗重的腳步聲，他的叫喊聲，他妻子的咯咯笑聲，達金太太的窸窣聲。

達金太太不再需要我們的慰藉。換成我們得追問達金先生的狀況，他是否喜歡我們送的雜誌，他是否想看更多。然後，彷彿想起某些遭勇敢遺忘的悲傷，達金太太會說好，達金先生謝謝我們。

庫西太太不喜歡這新的緘默。我們其餘人也不喜歡。雖然，針織機先生堅持不懈了一段時間，並且在兩天後達金太太說，「我告訴他你說緊張不安的事，他很好奇你竟然知道」時，獲得他的回報。而且她還重述從有問題的梯子上摔下來的故事，歪掉的手臂，工頭燒了那梯子。

我們都很驚訝。這是我們頭一次覺察到達金家人對醫院以外的世界感興趣。

「嗯，真的！」庫西太太說。

針織機太太開始抱怨傍晚時的喧鬧聲。

「呸！」庫西先生說，「他那玩意兒不可能破啦。用玻璃管餵食！」

我們聽見蜜月夫妻蹦下樓。砰地摔上前門。然後我們聽見摩托車結結巴巴的轟隆響。

「他可能被抓了，」庫西先生說，「消音器拿掉了。」

「嗯！」庫西太太說，「我很高興某人能開心度個假。又那麼便宜。你們覺得他們要去哪裡？」

「不會是醫院，」庫西先生說，「足球賽，比較可能。」

這倒提醒了他。窗簾拉上，把小電視機打開。我們看賽馬，也看了一些足球比賽。庫西太太遞了杯茶給我。庫西先生給了我根香菸。我又重新得寵。

*

第二天，達金先生住院八天後，我在菸舖遇見達金太太。她正在購物，她鼓漲的袋子反映了她臉上的喜悅。

「他明天就出院了。」她說。

我沒料到康復得如此迅速。

「醫院裡的每個人都很驚訝，」達金太太說，「但那是因為他這麼強壯，你懂吧。」她打開她的購物袋。「我得買些雪利和威士忌，還有——」她笑了，「——一些健力士，當然。而且我還買了隻鴨，蘸蘋果醬吃。他愛蘋果醬，他說蘋果醬能幫助鴨子好下嚥。」

對於這家人間的小笑話，我微微一笑。然後達金太太問我，「猜猜昨天誰去醫院了。」

「你弟弟和弟妹。」

她搖頭，「工頭！」

「燒掉梯子的那個？」

「哦，他態度和善極了。他帶了葡萄和雜誌來，並且跟我先生說，他什麼事都不用擔心。他們現在知道怕了。我先生一住進醫院，我的律師就寫了一封信給他們，而且我的律師說，我們現在非常有機會能拿到比三百鎊更多的錢。」

當天傍晚，我在樓梯平台上看見針織機先生，跟他說達金先生好了。

「併發症可能沒那麼嚴重，」他說，「但那和緊張有關，和緊張有關。」

針織機太太打開廚房門。

「他明天就回來了。」針織機先生說。

針織機太太對我露出她恐怖的微笑。

「從樓梯上摔下來拿五百鎊，」庫西先生說，「哈！跟從椅子上摔下來一樣稀鬆平常，不是嗎，貝絲？」

庫西太太嘆氣，「這就是工黨替這個國家做的事。他們沒有替中產階級做任何事。」

「手臂歪了！不能去海邊！嬌生慣養，就是這麼回事。希特勒就不會這樣嬌養他的百姓。」

摩托車響劃破寧靜。

「我們快樂的度蜜月新人。」庫西先生說。

「他們很快就會走了，」庫西太太說，「我們到門廳裡去等他們。」

「你用誰的鑰匙？」

「艾娃的。」足球員說，快步跑上樓。

「我們走著瞧。」庫西太太說。

＊

達金太太說，「我下樓去找庫西太太，我說，『庫西太太，你侮辱我的客人是什麼意思？對他們來說，蜜月毀了就已經夠糟，卻還要受侮辱。』而她說她是把公寓租給我和我的丈夫，不是我兄弟和他老婆，他們必須離開。我跟她說，無論如何他們明天就會走了，因為我丈夫明天回來。而且我跟她說，我希望她對於破壞了他們的蜜月，終身只有一次的蜜月，她很滿意。而她說，有些人會有兩次，對於這句話，我認為她是在影射我，因為你也知道的，我的第一任丈夫在打仗時死了。然後我告訴她，如果你繼續擺出這種態度，我將與她無話可說。而且她說，她希望我把我兄弟摩托車的油漬清乾淨。我說，要不是我先生病得這麼重，我會馬上提出退租吧。而她說，正因為我先生生病，她才沒有叫我搬家，換作其他任何一位房東太太，早那麼做了。」第二天發生了三件事。足球員和他的老婆離開。達金太太跟我說公司給了他先生四百英鎊。而且達金先生出院了，沒有太受屋內其他人的注意，彷彿他就只是下班回家。那天傍晚，樓上達金家的公寓裡除了窸窣和轟隆間雜的交談聲外，沒有傳出任何聲響。

兩天後我聽見達金太太飛快跑下樓來到我的公寓，她邊敲門邊開門走進來，「電視今天送來。」她說。

達金先生要自己爬上去裝天線。我懷疑他是否依然健壯到可以爬上屋頂。

「要他們裝得花十鎊，但我先生就是水電工，他可以自己裝。你今晚一定要上來。我們要慶祝。」

我上去了。電視機上擺著一架鍍鉻的飛機，和一塊白色的鉤花墊布。電視機新得驚人。

達金太太把一整瓶的西班牙提歐雪莉酒倒入三個平底玻璃杯。

「敬健康。」她說，然後我們乾杯。

達金先生看上去瘦了而且疲倦。但他的疲倦裡透著某種安定的滿足。我們看了一齣戲，講述一個四百歲的人吃了某種藥，看起來不超過二十歲。達金太太不時發出開心的輕喊，因為那戲，那電視機，還有雪莉的高品級。

達金先生軟綿綿地拿起空瓶，端詳標籤。「西班牙雪莉喔。」他說。

庫西先生第二天攔截我，「他們買了台很大的電視。」

「十八吋。」

「那種大玩意兒傷眼，你不覺得嗎？」

「的確是。」

「進來喝一杯。BBC和商業台？」

我點點頭。

「我從來不贊成那些廣告。腐化這個國家。我們不打算換成能收商業頻道的那種。」

「我們在等彩色的。」庫西太太說。

庫西太太好戰。她只為了她的房子而活。她沒有親戚或朋友，而且她和她先生生活平淡，鮮少遇上什麼事。只有一次，赫斯登陸蘇格蘭不久，庫西先生被維多利亞車站一群充滿敵意的群眾誤認成墨索里尼，但一般來說，庫西太太的談話內容都與她和房客交手後如何獲勝有關。在這些戰役之中，她奉行一些準則。《房東與房客守則》是她起居室裡少數的幾本書之一。而對於勝利，庫西太太也有她自己的定義。她從沒發給任何人退租通知。那幾乎是承認打敗。庫西太太問我，「你沒把一條壞掉的麵包扔進花園吧，對嗎？」

我說我沒有。

「我也不覺得是你。那一定是這條街上的其他人幹的，你知道。我告訴你，這屋子的維護與管理可是場硬仗。老鼠就是其中一個，懂吧。你上頭可有看見任何老鼠？沒有吧？」

「事實上，我昨天看見了一隻。」

「我就知道。一旦你掉以輕心，這些事情就來了。這條街上所有其他的房子都有老鼠。那是衛生稽察員告訴我的。他說這是整條街上最乾淨的房子。不過你一開始到處亂丟食物，就必會惹來老鼠。」

那天傍晚，我聽見達金太太大聲抱怨。她採取和針織機太太同樣的作法：廚房門大敞，然後大聲地和她丈夫說話。

「上來這裡，問我是否有把一條麵包扔進『她』可怕的小花園裡。還說最近的人食物過剩吃不完。哎呀，我最愛的就是溫暖的房間。我才不想把自己裹在毯子裡，在餘燼前縮成一團，然後跑來說，別人的房間熱得像火爐。」

達金太太的廚房門繼續開著，乒乒乓乓，叮鈴噹啷地洗碗盤。電視機的聲音開得老大，就連在我房裡都能聽見每一則廣告，每一首歌，對話裡的每字每句。掃毯器也出動；我聽見它砰砰砰地撞在牆上和家具。

第二天庫西太太繼續她的獵鼠行動。她跑進各層公寓，掀起油氈，並把報紙團塞進地板間的縫隙。她也把達金太太的垃圾箱清空。「預防老鼠。」她告訴我們。

那晚我再次聽見達金家的電視機聲。

第二天早上，門廳裡出現了一張大告示。我認出是庫西先生的字跡和口氣：**有相關責任人等立刻清除前門台階上的油漬**。浴室裡也有張告示，綁在連接燒水鍋爐的管子上：**瞎搞這個龍頭的相關人等請停止**。廁所：**我們從未想到我們必須做出這樣的要求，但請相關責任人等，讓這些盥洗設備維持它們受人歡迎的原貌**。

達金家立刻反擊。四只沒有清洗的牛奶瓶放在門階的油漬上。一個威士忌空瓶，標籤朝外放在垃圾箱旁。

我覺得這一回合是達金家贏了。

「烈酒和足球六合彩，」庫西先生說，「這就是那一階層的人花錢的方式。嬌養！貝絲，別煩惱。他們會自食惡果的。」

那天傍晚，電視機開得震天價響。碗盤乒乒乓乓地清洗，掃毯器砰砰地撞在牆上和家具上，而且達金太太還大聲地唱歌。現在我還聽見拖擦步的聲音和尖叫聲，達金夫妻在跳舞。但沒跳多久。然後我聽見浴缸放水的聲音。

有人輕叩我的門，庫西太太走進來，「我只是想知道是誰在洗澡。」她說。她離開一段時間後，浴缸的水還在放。然後流動的水聲變得更尖利，嘶嘶作響，並出現金屬摩擦的刺耳聲。沒多久，浴缸裡安靜無聲。

水塔裡沒有水流進燒水鍋爐中（庫西先生說，水塔是不衛生的玩意兒），因而流進鍋爐裡的水就只能仰賴屋裡的水龍頭。如果把廚房裡的水龍頭打開，你會讓鍋爐中流出的水量變小而且變冷。嘶嘶響表示樓下有個水龍頭開到最大，使鍋爐無法運作。

從安靜的浴室裡，我聽見偶爾潑起的水花聲，嘶嘶響繼續著。然後達金先生打噴嚏。浴室的門打開又砰地關上。達金先生又打了一次噴嚏，而達金太太說，「如果你得了肺炎，我知道你的律師下一位該寫信給誰。」

而他們唯一能做的，也只是把浴室的煤氣燈罩砸爛。

看來他們似乎認輸了，因為第二天沒再做什麼。當達金夫妻那天下午下班後走進來時，我正和庫西家一起。幾分鐘後，他們又出門了。庫西家起居室的燈並未打開，我們在蕾絲窗簾後目不轉睛地盯著他們。他們手挽著手走出去。

「我猜是去找新地方。」庫西太太說。

傳來敲門聲，針織機太太走進來，她一臉燦爛笑容，就連在昏暗中都顯得嚇人。她說，「哈囉。」然後她對庫西太太說，「我們的燈不亮了。」

「停電。」庫西太太說，但街燈是亮的。庫西家的燈打開，但沒任何反應。

庫西太太的臉垮下來。

「保險絲。」庫西先生立刻說。他視自己為水電專家。在蠟燭的幫助下，他挑出保險絲，下樓去檢查保險絲盒，同時催促我們把所有的燈，壁爐和爐火都關掉，動手修理。保險絲又燒斷了，然後又斷掉。

「他動了什麼手腳。」庫西先生說。

但我們找不出他到底做了什麼。達金家的房門換了新的彈子鎖。針織機太太抱怨。

「沒有用的，貝絲，」庫西先生說，「你就只能給他們退租通知。反正從來沒真正喜歡過那階層的人。」

＊

於是挫敗變得更難承受，因為結果證明勝負難分。在庫西太太要求他們搬走之後，達金家宣布他們以部分的賠償金付了一間房子的定金，因此也正打算提出退租通知。他們打包好行李，連再見都沒說就走了。

三週後，達金家的公寓搬進一名叫妮琪的中年婦女，她有隻臘腸狗。她的信件從一個仕女俱樂部處轉投過來，那俱樂部內的可怕裝潢，我經常從十六號公車的上層瞥見。

——一九五七

心臟

The Heart

正當他們決定教會哈利游泳的唯一方法，便是直接把他丟進海裡之際，哈利卻退出了海童軍。整整一學期，每逢週一下午，他便會穿上制服，在學校操場上練習划船，並學習打旗語和繩結。上一學期，為了逃避露營，他退出童子軍。上學期的校運會中，他報名參加十一歲以下學童的所有賽跑項目，然而最後他卻因太害羞不敢脫衣服（他母親把他家的家徽裝飾過頭地繡在他的背心上），因而沒跑。

哈利是獨生子。他十歲，而且心臟不好。醫生建議不要過度興奮和消耗體力。然而不運動的哈利又胖。他本想打板球，幻想自己是球速最快的投手，卻不曾入選班級隊伍。他跑不快，又不能投球，也不能打擊，而且他投球像女生。他也想吹口哨，但從他肥嘟嘟的小嘴中，只能發出斷斷續響。他幾乎有中國人的潔癖。寫字時，他的手下墊著張吸墨紙，每寫一行都要吸一吸，連劃掉都要用尺。他的書很乾淨而且沒有記號，除了扉頁，上頭有他的名字，由他父親所寫。要不是他這麼有錢，他在學校裡根本毫不起眼。家裡的富裕讓他不受歡迎，同時招來霸凌。他昂貴的自來水筆老是被偷；而且他已經學聰明，懂得閃福利社遠些。

大部分住哈利那一區的男孩都取道詹森街上學。哈利想避開這條街。唯一的辦法便是順著魯珀街，在街底右轉，那裡有戶人家養了好幾隻狼犬。

那房子位在右邊的角落，若走另一邊將讓他的怯懦在狗和路人眼前展露無遺。那些狼犬會從簷廊彈起往下衝，吠叫，抵著鐵絲網跳躍，並晃著圍籬。牠們的前爪搭在鐵絲網上頭，而且在哈利看來，牠們似乎只要再費點力就可以跳過來。有時候一位戴著眼鏡、滿頭灰髮、一臉不高興的瘦削老太太會一拐一拐地走出簷廊，用細尖的嗓音叫喚這些狼犬。牠們立刻就會停止吠叫，把哈利拋在一邊，向簷廊跑去，邊晃動著牠們粗大的尾巴，彷彿是在為自己發出的嘈雜聲道歉，同時討誇讚。老太太會輕拍牠們的頭，而牠們會繼續搖尾巴：倘若老太太用力地掌摑牠們，牠們則會俯首走開，尾巴夾在腿中間，在簷廊上趴下，瞇起眼，把鼻子埋在前腿下。

哈利羨慕老太太駕馭這些狗的能力。每次老太太出來時，他都很高興；但他也為自己的恐懼和軟弱感到羞愧。

這城市裡到處是沒人管的雜種狗。牠們整日整夜輪番吠叫。對於這些狗哈利倒是毫不畏懼。牠們既瘦又餓，而且膽小。想驅趕牠們，只需蹲下做出拿石頭狀即可；那是所有街狗都懂的手勢。但卻對狼犬無效；牠們只會更生氣。

一天四次——因為他回家吃午餐——哈利得走過那些狼犬門前，聽見牠們的吠叫和喘氣聲，看見牠們長白的牙，黑嘴唇和紅舌頭，看見牠們抵著鐵絲網跳躍時，那急切、強壯的身體，比他還高。他把氣出在街狗上。他撿起假想的石頭；然後街狗總迅速開溜。

當哈利跟父母要求有輛腳踏車時，他並未提及詹森街上的男孩和魯珀街上的狼犬。他只說到太陽和他的疲累。他父母擔心腳踏車不安全，但哈利學會小心騎車。然後，在腳踏車的動力下，他不再害怕魯珀街的狗。狼犬不常對腳踏車騎士吠叫。因此哈利停在轉角的屋子前，當狼犬從簷廊跑下來時，他假意朝牠們丟東西，直到牠們被徹底惹毛，呼吸聲也更加粗重時，他才慢悠悠地騎走，狼犬們會沿著圍籬追到空地的盡頭，並發出憤怒和挫敗的嗥叫。有一次，正好碰上老太太走出來，哈利就假裝他停下來只是為了綁鞋帶。

哈利的學校位處市區裡安靜空曠的地帶。街道很寬敞，卻沒有鋪人行道，只有寬闊、維護得很好的草坡；每幾碼遠就會出現一個淺溝，負責排掉路上的積水。哈利喜歡沿著這些草坡騎，溫和地起起伏伏。

週五向晚時分，哈利從學校參加集郵社聚會回家（他退出海童軍之後加入的，憑著他父親給了他一大堆郵票和昂貴的集郵冊，他持續享受著他人的尊敬）。當哈利沿著綠坡騎時，天色已逐漸轉暗，起起伏伏，他低頭看著草地。

在一個溝裡，他看見一隻狼犬的身影。

腳踏車駛進那淺溝，壓在狗的粗尾巴上。那狗起身，沒有看哈利，抖抖渾身的毛。然後哈利又看見另一隻狼犬，然後是另一隻。邊小心繞過牠們地騎，邊遇到更多。牠們躺在淺溝裡，綠坡上到處都是，各種顏色都有；一隻是棕黑色。哈利自從看見第一隻狗後腳就沒再踩踏板，現在車行如此慢，他覺得自己就快失去平衡。身後傳來低沉短促，像是在打噴嚏的吠聲。聽見這叫聲，他體內的精力又再度湧現，他騎上柏油路，而且直到這時，彷彿也剛從驚訝中恢復，那些狼犬才全都站起，開始追他。他悶頭朝前踩著腳踏板，完全不回看身後或身旁。三隻狼犬，棕黑色那隻也在其中，與他的腳踏車並排地跑著。哈利繼續踩著踏板，冷靜地等候牠們的攻擊。但牠們就只是與他並排跑著，沒有吠叫。腳踏車嗡嗡作響；狗爪踏在柏油路上，發出像鴿子腳點在鐵皮屋頂上的聲音。然後哈利覺察狼犬的兇猛是隨性的，沒有火氣和惡意：傍晚的聚會，傍晚的悠哉。他定睛看向路的盡頭，街燈才剛亮，亮著燈的電車、摩托車，人們在街上熙來攘往。

然後他就置身其中了，把狼犬拋在後頭。他沒回頭看牠們，只有等他人在馬路上，在已經落下的夜幕中，和閃著藍光的電車一起時，他才意會到自己剛剛有多害怕，差點痛苦地死在那群快樂的狗的牙齒下。因為費力，他心跳快速。然後他感到一種以前從未經歷過的劇烈疼痛。他無法呼吸，悶哼一聲，便從腳踏車上滾落。

＊

他在療養院住了一個月，而且那學期沒再上過學。但等新學期開始時，他已經再次恢復健康。眾人決定他應該放棄腳踏車；他的父親改變工作的時間，這樣他就可以開車接送哈利上學。

新學期開始沒多久就遇到他的生日。當那天下午，他從學校坐車回家時，他母親把一個籃子交給他並且說，「生日快樂！」

那是隻小狗。

「牠不會咬你，」他母親說，「摸摸看。」

「讓我看你摸牠。」哈利說。

「你得摸牠，」他母親說，「牠是你的。你得讓牠習慣你。牠們是只忠於一個主人的狗。」

他想起那有著尖高嗓音的老太太，他把手伸向小狗。小狗舔他的手，並且把濕鼻子抵在他手上。哈利覺得癢，他大笑，觸摸小狗的毛，小狗在他的手中蹭；他的手輕撫小狗的鼻口，然後他抱起小狗，小狗舔他的臉，哈利又癢得咯咯笑。

小狗有小小的尖牙，而且喜歡假裝在咬東西。哈利喜歡牠牙齒的觸感；帶著親切友善，要不了多久，這牙裡就會注入力量，他的力量。「牠們是忠於一個主人的狗。」他母親說。

他要他的父親開車走魯珀街去學校。有時候會看見狼狗。然後他想起自己的狗，既感到安心又覺得報了仇。他們沿著邊緣是草坡的路上來回開，亦即他被狼犬追的那條路。但他卻再也沒在那裡看過任何一隻狼狗。

不論他們何時回到家，小狗永遠等著他們。他的父親會直接開到門口，然後按喇叭。他的母親會出來開門，小狗也會出來，搖著尾巴，往上跳地抵著車子，即便車子還在行駛。

「抓住牠！抓住牠！」哈利喊。

現在對他來說，最害怕的莫過於失去他的狗。

他喜歡聽見他母親跟客人說他有多愛這隻狗。而且他還收到許多有關狗的書。他傷心地得知狗只能活十二歲；因此當他長到二十三歲，變成一個大人時，他就沒有狗了。在這種情況下，訓練似乎毫無意義，但所有的書都建議訓練，因此哈利便試試看。小狗懶洋洋的反應令哈利著迷。在學校裡，當他們讀到以「狗吠聲牧羊人聽見了」開頭的詩時，他差點感動得掉下眼淚。他去看電影《靈犬萊西》並且哭了。他領悟到自己忘記了小狗訓練的一個重要部分。而且，為了預防小狗吃陌生人給的食物，他把肉泡在辣椒醬中，再放到院子各處。

第二天小狗不見了，哈利很憂傷，並且覺得愧疚，但他從電影裡獲得一些安慰；而當不出一週，小狗回來後，髒兮兮的，傷痕累累又瘦，哈利緊抱住牠，並且喃喃唸著電影裡的台詞：「你是我的萊西——我的萊西回家了。」

他放棄所有的訓練，一心只想看到小狗再次變健康。在他讀到的美國漫畫書裡，狗住在狗屋裡，而且用寫著DOG字樣的碗吃飯。哈利不贊成狗屋，因為那看起來又小又寂寞；但他堅持他的母親應該買一只印有DOG字樣的碗。

有一天，當他回家吃午餐，她拿了一個碗給他看，上頭漆有DOG等字。哈利的父親說他太熱吃不下，所以上樓去；他的母親也跟著上去。在哈利吃飯之前，他把碗洗乾淨，裝了狗食。他叫小狗過來，展示那碗。小狗跳起，試圖去抓那碗。

哈利把碗放下，小狗立即把哈利拋到一邊，向碗衝去。失望之餘，哈利蹲在小狗旁，靜候小狗是否有在意到他的表示。什麼也沒有。小狗稀里呼嚕地吃著，甩一口咬一口地吞嚼。哈利伸手摸小狗的頭。

小狗正甩進滿嘴食物，低吼了一聲，猛甩頭。

哈利又試了一次。

小狗發出更刺耳的嗥叫，嘴裡的食物掉出，然後猛咬哈利的手。哈利感覺牙齒陷入他的肉中；他可以感覺到驅使那牙咬下去的怒氣，和鬆開牙的念頭。當他看向自己的手，他看見撕裂的皮膚和脹起的血珠。小狗再次俯身就碗，甩一口咬一口地吞嚼著，牠的眼神冷酷。

他抓起標有ＤＯＧ字樣的碗，用他女孩般的氣力甩到廚房外。小狗突然停止嗥叫。當碗不見後，他抬眼看著哈利，困惑，友善，尾巴緩緩搖著。哈利用力踢小狗的鼻口，感覺自己的鞋尖踢到骨頭。小狗倒退到門邊，一臉不解地看著哈利。

「過來。」哈利說，聲音裡糊滿唾液。

輕快地搖著尾巴，小狗過來了，用牠光滑的粉紅色舌頭舔過黑色的嘴唇，唇上依舊沾滿食物的油漬。哈利伸出他被咬的手。小狗把血舔乾淨。然後哈利抬起穿鞋的腳，對準小狗的肚子往下踢。他再抬腳踢，但小狗已經哀鳴地跑出廚房門，哈利失去平衡，跌倒在地。淚水瞬間湧出，手上小狗牙齒陷入的幾個點如火燒般的疼，他依舊可以感覺到手上小狗的口水，把皮膚黏合。

他站起來，跑出廚房，小狗站在門邊看著他。哈利彎腰，做出撿石頭狀，小狗沒有動靜。哈利撿起一塊鵝卵石，朝小狗扔去。丟得不好，鵝卵石飄太高。小狗跑去接，沒接中，停下來，瞪著他看，尾巴搖著，耳朵豎起，嘴巴張開。哈利又丟了一塊。這塊丟得低，紮實地擊中小狗。小狗哀鳴，跑進前院。哈利尾隨在後。小狗繞著屋子的側邊跑，躲進火鶴叢中。哈利一塊接一塊地瞄準，而且突然間他有了方向感。一次又一次地擊中小狗，狗哀鳴地跑，直到被逼到狹窄的龍吐珠花牆下。牠站在那裡一動不動，眼神焦躁，尾巴夾在雙腿間。不時舔著牠的嘴唇。這個動作觸怒了哈利。他盲目地拿起一塊又一塊的石頭朝小狗丟，小狗從這團龍吐珠中鑽到另一團龍吐珠中。有一次牠試圖竄過哈利身旁逃走，但路太窄，哈利太快。哈利逮到牠，咚地狠踢牠一腳，牠又退回角落，看著哈利，輕聲哀鳴。

哽咽聲中，哈利說，「過來。」

小狗抬起雙耳。

哈利微笑，並且試著吹口哨。

牠猶豫地雙腿彎起，拱起背，小狗過來了。哈利輕撫牠的頭直到小狗站直。然後雙手抓住他的鼻口，猛力捏擰。小狗尖叫地掙脫。

「哈利！」他聽見他母親的聲音，「你父親快準備好了。」

他沒有吃午餐。

「我沒胃口。」哈利說。這是他父親常說的話。
她問起碗怎麼破了，為何滿院子都是食物。
「我們在玩。」哈利說。
她看見他的手，「這些動物就是不知輕重。」她說。

*

他決心要讓小狗願意在進食時給他摸。每次拒絕都會遭受懲罰，被揍，被丟石頭，關在樓梯下的碗櫃裡，或者關進搖上車窗的車子裡，如果沒人用車的話。有時候哈利會拿起狗的盤子，把牠引到盥洗室，再把盤裡的食物倒進馬桶，扯動沖水閥沖走。有時候他會把食物丟進院裡；然後因為小狗吃地上的食物而懲罰牠。很快地，他的譴責範圍擴及小狗所有的行為，當他覺得小狗不友善、不服從或者忘恩負義時，一律懲罰。假如小狗沒在車子喇叭響時來到門口，懲罰，沒一叫就來，懲罰。哈利會仔細核對他要執行的每項懲罰，因為他只能在他父母不在家或者忙碌時執行，因此他的計畫總是延後，無法及時。他擔心小狗會再次逃跑；因此晚上他把牠拴起。而當父母在家時，看著小狗一副不知懲罰將至，還躺在他父親腳上，打呵欠，蜷縮成舒服的姿勢，或者搖尾巴問候哈利的母親，也令他火冒三丈、氣惱萬分，就像那次看牠舔牠油膩的嘴唇。然後，哈利有時候會彎腰撿起假想的石塊，小狗就逃出房間。但也有完全忘記懲罰的日子，因為哈利清楚自己必須恩威並施，才能支配小狗，把牠的力量變成自己的。

然後勝利的時刻到來。某一天小狗，現在幾乎算是一隻成犬了，攻擊哈利，而必須被哈利的父母抓住往後拉。「你永遠不能信任那些狗。」哈利的母親說，於是狗便被永遠地拴起。有段時間，只要哈利逮到機會就會揍牠。一天傍晚，當他的父母外出，他揍牠直到牠停止哀鳴。然後，因為知道家中只有他，又希望能測試自己的力量和恐懼，便把狗的鍊子打開。狗沒有攻擊，也沒有嗥叫，牠跑去躲在火鶴叢中。從那之後，牠允許自己在進食時被摸。

哈利的生日又到了，這次的禮物是柯達布朗尼6-20相機，他浪費底片拍了些可笑的東西，直到他的父親提議應該替哈利和狗拍張相片。狗沒辦法安靜站著；最後他們替牠戴上項圈，由哈利抓住項圈，對著鏡頭微笑。

那個週五哈利的父親很忙，因此沒能去載哈利回家。哈利留在學校參加集郵社聚會，然後搭計程車回家。他父親的車已經在車道上。他叫喚著狗，牠沒出現。又要懲罰了。他的父母坐在廚房隔壁的小餐廳裡；他們坐在那兒喝茶。在餐桌上，哈利看見放著底片和洗好相片的黃色紙夾。相片的效果不太好。狗看起來很緊張而且不自在，沒有面對鏡頭；而哈利則認為自己看起來很胖。當他翻看這些相片時，他發現父母的雙眼盯著他。他把一張相片翻過來，看見背後他父親的筆跡寫著：紀念來福。下頭還標有日期。

「是意外，」他母親說，伸出雙臂環住他，「就在你父親開進來時，牠跑出來。完全是意外。」

淚水糊滿哈利的雙眼，啜泣中，他腳步沉重地走上樓。

「小心啊，兒子，」他的母親喊，而且哈利聽見她對他的父親說，「快跟著他，他的心臟，他的心臟。」

——一九六〇

麵包師傅的故事

The Baker's Story

瞧瞧我，黑得跟煤炭一樣，而且奇醜無比。任何一個看著我的人都不會相信，站在他們眼前的，可是西班牙港這個城市內最富裕的人之一。有時候我自己也很難相信，你知道的，尤其當我在某些假日出門——最近我開始帶著妻小一起，從高級飯店的花俏鏡子裡，看見那張長壞的黑臉時。這些高級飯店內到處可見那些別緻花俏的鏡子，彷彿專為觸怒我這種人而設。

現在每個人，尤其是黑人，老問我是如何發跡的，而我總不變地回答，我是靠做麵包賺麵包的。哈！喜歡這笑話嗎？但究竟是如何開始的？這個，你光聽我說話，也知道我沒讀什麼書。在格瑞那達，我的老家——在千里達黑人眼中，身為格瑞那達黑人就是原罪，絕對不能原諒——在格瑞那達，我想我是十個小孩中的一個，那裡的每件事都多少稀里糊塗地攪在一起，我甚至不知道胡搞我媽的那個傢伙是誰。我相信他也非禮了那島上所有其他教區裡的許多女人，因為每回只要我回格瑞那達，度我跟你說的那些假日，人們總對我說，我令他們想起了這個那個人，而且只要我在某家店舖裡，他們老會把我誤認為店員（假如繼續這樣，總有一天，我非賣點什麼給某人不可，純粹出於報復）。就連在千里達，每當我遇見另一個格瑞那達人，也會發生同樣的情形。

哎，我不知道在格瑞那達發生了什麼事，但我媽咪在她還年輕時，就只帶著我來到千里達。我不知道她怎麼處理其他的孩子，或許他們根本不是她親生的。反正她在聖安妮謀了份差事，和一些白人一起工作。他們提供她制服，他們供應一天三餐；而且他們一個月還給她幾塊錢。不知怎麼地，她遇見了另一個男人，一個地道的千里達黑人猿，而且以某種方法，我不知道是什麼方法，在她和這個男人同居的期間，把我交給另一個人照顧，因為她掙得的錢和食物，幾乎餵不飽她搭上的這個下流無恥的千里達人猿。

在我寄宿的這個新阿姨家附近曾有家老中開的店，有一天，當這位老小姐實在找不出錢買麵包——這還真是糟透了，現在想想，這島上的人竟然連麵包都買不起——唉，當她沒錢買麵包時，便會差我去老中的舖子賒欠。這個中果[1]女人——欸，話說回來，這些中果人還真能生！——塊頭極大，我相信我當天走運，遇上她佛心大發的時候，因為她說不賣，不賒欠，但假如我願意出點勞力，又另當別論，因為她需要某個人替她送麵包給某些印度人。但她怎能相信我不會拐帶麵包逃走？這是個好問題。當我從我骯髒的美麗諾羊毛衣底下，這毛衣的洞比抹布還多，掏出我的十字苦像，我跟她說，押在她這兒，等我拿收回的麵包錢來換。我不知道這些老中信什麼教，但那女人一臉感動得跟什麼似的。但她還是很聰明。她收下十字苦像，差我去送麵包，麵包用一大塊舊的麵包布包起，只是用兩三個麵粉袋縫成的。我收了錢，帶回來，她把我的苦像還我，外加幾毛錢和一條麵包。

而那就是整件事情的真正開端。我總是和黑人們說，神替我開啟了人生，而且別在意這些

1 編註：本篇敍事者對中國的諢稱，下文「葡掏牙」亦同。

千里達人總跟你說，格瑞那達人老在祈禱。雖然那也是真的，因為無論何時，只要我的事業遇上半點麻煩——現在也是——我就會砰的一聲，雙膝直接跪下，開始要命地祈禱，夥計。

這個，事情就這樣發展下去，直到下午替人們送麵包變成我的一個常態工作。這家麵包舖通常烘焙些普通的麵包——啤酒花種、平底鍋和烘烤設備——通常賣給較窮困的階級。而且那些老中都多賣力的工作啊！那個女人，挺著她超級大的肚子，衣服髒透，站在烤爐前揮汗如雨，做出這所有的麵包，賺進這所有的錢，而且我不知道他們都把錢用到哪兒了，因為他們始終住在很簡陋的後面房間裡，只有一張床，一些吊床給小的孩子們睡，還有幾口箱子。我完全無法和丈夫交談。他一句英文也不懂，他所寫的字通常都是中文，他是個縱欲的傢伙，很瘦，像其他老中般，穿著鬆垮的古怪卡其短褲和白色美麗諾毛衣。他也是不要命地工作。我們格瑞那達人懂得辛勤工作，我猜這就是我總能和這些老中相處得這麼好的理由，而且也所以那些懶惰的千里達黑人才會這麼嫉妒我們。不過還是很古怪，他們總習慣髒兮兮地過日子，但小孩們，嘖嘖，可總把搖搖欲墜的破舊後屋弄得跟新出爐的麵包一樣乾淨，他們總保持這種整潔，不論他們的小鉛筆盒、小橡皮擦、尺和吸墨紙，永遠乾乾淨淨，而且從不弄丟任何東西。他們每天早晨排成一列有教養的小隊伍離開，下午又排成同樣整齊的小隊伍回來，依舊乾淨依舊清爽，彷彿一整天沒有任何東西碰過他們。在這點上，他們可以好好教教黑人小孩。

回到我說這家麵包舖通常賣那些較窮的人家會買的普通麵包，但他們也替有錢人家做麵包。只不過他們會先到這些人的家裡把麵糰收來，做成又熱又芳香可口的麵包後再送回。我就是負責跑腿，替此階層客人服務的人。他們從來不讓我在店裡幫忙；感覺他們不相信我在人多忙碌時，還能好好地站在櫃臺後做買賣。店內永遠擠滿人。你是知道黑人的：就算只有一個人在店裡，他也會手忙腳亂地搞得好像現場有一整屋人。

這個，有一天，當我把用麵包布包著的麵包送到一個家裡，有個女人，是個鄰居，開始說起能吃用自己雙手揉出的麵包，而非摻進各種人汗水的麵包該有多美好。這給了我點子。烤爐就是烤爐。不管你烤一個還是兩個麵包，它都得開著。因此我告訴這女人，那是個葡掏牙女人，我可以把她的麵糰帶回去，再替她送來，這樣她幾乎不用花什麼錢。我話說得很含糊，讓她不知道我是要把錢交給中果人，或者是我要自己拿這個錢，所以才幾乎花不了她幾毛錢。但她看了我一眼，那眼神立刻讓我明白，她希望我自己收下這個錢。因此事情敲定。就這樣，接下來的幾天內，我回程的麵包布裡都包著些麵糰，掛在麵包舖腳踏車的置物架上。我拿進店裡，好像我只是懶得把麵包布捲好，然後我只需要把這個麵糰和其他麵糰混在一起，然後看我揉麵、烘烤，彷彿全只是一個。重點是，當你做那樣的事時，千萬不能心虛。有些人不過做個綠豆般大的小事，就那麼驚惶失措、手忙腳亂，怎可能不被逮。就這樣，但注意，我自己也驚訝得要死。我把這玩意兒送進爐裡，然後是上述的這個中果人，總是擺張苦瓜老中臉的中果人，用長柄鏟子把它從爐裡拖出來察看，再送回爐裡。

當我把麵包和一些其他的麵包一起送回去時，我面不改色地收錢。重點是，這種事一旦開頭就很難收手。你開始這樣那樣地盤算。而我很有數學頭腦。我永遠會坐下來搞清楚，好比說一天五毛，七天是多少，然後每週是多少，一年又會累積成多少。於是這件事變成我生活中的大事。我不會建議任何想創業的人這麼做。但這就是我跟人們說，我是靠麵包賺麵包的意思。

漸漸地，中果女人的身體變得不太好。而老男人則循中果人的老路，變得有點奇怪。你知道那些中果傢伙會賭博。你在安息日早上開車經過海事廣場，沒看見那些老中坐在財政部外頭的機率是二比一，彷佛他們想離錢越近越好，但又嗜賭如命。唉，老頭賭博，老女孩生病，麵包舖的生意幾乎只能靠我顧。我可以告訴你，我為他們賣命地工作。我甚至能講上兩、三句中果話，某些沒水準的黑人開始叫我黑老中，因為這個時候，我也開始學老中穿卡奇短褲和美麗諾羊毛衣，而且我還喝老中成天當水喝的中果茶。我連走路和悶葫蘆的樣子都像老中。現在瞧瞧，那些黑人對中果人的批評和偏見都不是真的，對吧。只要黑人辛勤幹活、懂得知恩，他們完全不討厭黑人。

但人生很古怪。當我看起來終於安定，萬事順遂之際，卻發生一連串的事，讓我痛哭失聲。首先，中果女士得了肋膜炎死了。這真是太可怕了，但也不難料到，因為她總是彎著腰站在爐火前，渾身濕透地在露水中出門和其他種種，此外，還一直不斷在生孩子。我傷心得要命，而且有些害怕。因為我不確定我能單獨和老頭相處。長久以來，我和他工作時，他從未直接對我說過半句話，總是透過他的妻子傳達給我。

現在看看，我的磨難來了。女人一死，中果男人就像瘋了一樣。他沒有哭或怎麼樣，但他開始瘋狂地賭博，下場就是有一天，大概是太太死後一個月，那男人要他的小孩收拾行李，準備離開，因為他把店鋪輸給了另一個老中。我不知道我算什麼，因為沒有人跟我交代任何事，他們只是打包。我不知道，我想他們開始覺得我就是店鋪的一部分，老頭甚至連一句失去我很遺憾都沒說。而且，你知道嗎，一等我跪下祈禱，我就發現打一開始，其實是神把麵糰的點子放進我腦海裡的，因為若非那樣，我現在將無處可去。因為接手店鋪的傢伙說他不想要我。他要結束麵包鋪，改開一家尋常的雜貨店，而且他不希望我在店內工作，因為光顧雜貨店的客人不喜歡黑人招呼他們。所以瞧瞧，二十三歲的我，失業了。一無所有。除了這身老中的模樣，和我知道怎麼做麵包，再來就是我這些年額外攢下的那點錢。

我脫下舊卡其短褲和美麗諾毛衣，在小鎮上到處走了一陣子，尋找工作。但沒有人要麵包師傅。我手中有七百塊左右，而且我看出這種漫無目的地瞎逛會讓錢只進不出，花得很快。你瞧，在那時候，我從未想到我可以自己開家店，這就是黑人。他們太習慣替別人工作，弄得自己也認定因為他們黑，所以除了替別人幹活，什麼也不會。而我必須告訴你，當我開始祈禱，神告訴我到外地去，自己開家店時，我覺得神弄錯了，或者我沒聽清楚祂說的話。因為神只對我說：「小夥子，拿你的錢去開家麵包店。你可以做出很好吃的麵包。」祂沒說開間小喫茶店，一些黑人都這麼做，賣些石頭蛋糕、莫比飲料[2]和其他的非酒精飲料。不，祂說開家麵包店。瞧瞧我的苦難。

為了借到另外的幾百塊，我碰了許多壁，但最後一個印度佬借給我。而這也是我始終告訴年輕人的，只要你清楚自己的目標，不怕借不到錢。我沒有到處跟人說借我錢，因為我要蓋房子或者買卡車。我真的只想烤麵包。好吧，還是長話短說，我在阿羅卡買了間破爛的舊屋，並且花了手上大部分的錢去整修那地方。毫無多餘的布置，你知道的，阿羅卡就是阿羅卡，而且我不想拿任何太時髦的東西嚇跑那些鄉巴佬。此外我也沒有錢。我就擺上幾個二手的玻璃櫃和那類的東西，在一塊板子上寫上我的名字，然後瞧，我就開張了。

古怪的事又發生。在拉凡提爾，我做的麵包不夠賣——因為最後那幾個月，都是我在做麵包。但現在麻煩來了。我做的好麵包在阿羅卡無人能比，但我卻沒辦法讓哪個傢伙走進我搖搖晃晃的破舊前門，買個才一便士的啤酒花種麵包。你該聽過所有那些什麼品質就是最好宣傳之類的話吧。孩子，別信。除了品質還得有其他東西。而我，就是少了這其他東西。我開始想破頭地想搞清楚那到底是什麼。要我說是因為我在阿羅卡是生面孔，才會有這種事。不過不是，等我從生面孔變成舊面孔，人們還是不曾一窩蜂地湧進這破店裡。日復一日，我烘烤兩、三品脫的好麵包，而所有這些麵包都只等著變乾變壞，唯一向我買麵包的是個在公家農場工作的男人，他專買走味的蛋糕麵包餵牛隻、豬隻，或任何他們圈養的動物。那都是很好的麵包。於是我又雙膝跪倒，死命地祈禱，彷彿我要跪穿我的膝蓋。然而我還是得到同樣的答案：「小夥子」——在這些禱告中，我總是這樣被叫喚——「小夥子，你只管做麵包。」

父啊！這可不是開玩笑的。每月的利息越積越多。有幾個月，我向好心願意聽我說話的伯母或任何人所借的都只夠付利息。情況越見拮据，我不得不出去，假裝我是替別的麵包店工作，好以低價替他們烘烤他們的麵糰。而在阿羅卡，低價表示非常低。而我告訴你，我這樣不顧羞恥所賺得的微薄收入，也僅勉強維持生計。

天哪。瞧瞧這混亂局面。阿羅卡破店在鳥不生蛋的地方——所以我才買下，考慮到那裡沒有麵包店，而且他們會喜歡格瑞那達人做的好麵包——這店如此偏僻，根本沒其他人想買。甚至沒有投保或之類的，因此不能扯上什麼小火災之類的意外——那也不是我會幹的事。而且每一次我跪下來禱告，同樣的話就直接傳回我這裡：「小夥子，你只管做麵包。」

好吧，為了主的緣故，我每天都固定做一、兩品脫的麵包，雖然我開始覺得主是要摧毀我，而且我也開始覺得，這是祂的懲罰，為了我在老中店裡所做過的事。我開始感覺很糟，並且真的滿頭霧水。我經常一烤完那些替主做的麵包就離開麵包店——沒什麼好鎖，也沒什麼好

2 譯註：東加勒比海地區，一種用鼠李樹皮製作的苦甜飲料。

偷——而且當安息日，那些從拉凡提爾前往馬札尼拉和巴蘭德拉及其他那些海灘的孩子順道經過時，我總這樣跟他們說，拿此事自嘲，我在「偷懶」。他們也常會笑得闔不攏嘴，這世上有哪件事會比看見一個你認識的男人窮困潦倒、落魄至極更好笑。

那個印度的傢伙開始擔心他的錢，你也不能怪他，因為到現在好幾個月了，他連他的利息都沒見到。而這也開始令我沮喪。我去找他借錢時，那男人所問的每一句話我都清楚記得：「你確定你要做麵包？你認為你有做麵包的技能？」然後，我跟他說，有，有，於是，他就那樣掏出他的錢。現在他開始擔心了。因此，有一天，在做完那些替主烤的麵包之後，我搭了阿瑞瑪汽車公司的巴士前往西班牙港見這傢伙。我覺得沿途已替自己打足了氣，但一等我見到熟悉的海洋，聞到南碼頭的海風，而且巴士抵達終點的火車站，我的肚子就開始咕嚕咕嚕叫。我決定到城裡閒逛一會兒。

那是個炎熱的早晨，小四旬期的天候[3]，那個時候，一顆椰子通常還要四分錢。欸，在舊廣場上，正停著輛賣椰子的推車，我在車前停下。這還真是值得一看的古怪畫面。商家是個黑人。除非你知道這島上每個賣椰子的攤販都是印度人，你就不會懂這有多怪。他們使短彎刀的手法是黑人學不來的。左手捧著椰子；右手拿彎刀邦邦邦地砍，然後椰子開了道口便可以喝。我從沒見過哪個賣椰子的砍了自己的手。而眼前這位黑人，就拿著把短彎刀做這邦邦邦砍椰子的生意。簡直跟看黑人纏腰布和頭巾一樣古怪。整件事最有趣的部分是那黑人，撇開他的長相，完全像個印度人。他和許多印度人說印度斯坦語，儘管被那些印度人嘲笑得要死，但他毫不介意。這國家有時候確實會有些黑人和許多印度人住在一起的情形。他們吃咖哩，說印度話，行為舉止就像印度人。好啦，我從這個黑人這兒拿了顆椰子，然後去見那個借錢的傢伙。

等我跟他說明之後，他雖不悅，但更悲傷。換做我是他，我也會覺得悲傷。自己的錢飛了不算，就連每個月利息的甜頭都嚐不到，可真是活見鬼。無論如何，他說，他會再給我三個月的寬限，但假如我不按照議定的利率付錢，他就會取消贖回權。「你真讓我為難，」他說，「看看我，你覺得我會想要一家在阿羅卡的店嗎？」

我向那傢伙告辭之後，感覺好過些。就在要離開時，除了珀希，還有誰該讓我碰巧遇見。珀希這個老人猿是我拉凡提爾小學的同學。我沒見過哪個男孩比珀希挨過更多揍。但他長成個結實的壯漢，而且不學無術。現在的他一身花俏的衣服，看起來像個紈褲子弟，滿嘴五花八門的生意經。我想他在賣保險——千里達幾乎每個遊手好閒的傢伙都在做的事，而且，記住我的話，看見這些傢伙互賣保險的日子不遠了。反正，珀希意氣風發，混得挺好，說看在過去的情

3 譯註：意指在千里達六到十二月的雨季中，為期兩星期左右的陽光普照日，通常發生在九月底到十月初，此種氣候型態，千里達人稱為小四旬期天氣，以與三四月始於天主教聖灰主日，發生在四旬期時的炎熱乾旱氣候相對比。

誼，要請我吃午餐。他開了幾個千里達人常拿來取笑格瑞那達人的愚蠢玩笑，我們爬上安古斯圖拉酒吧。我以前從未來過這地方，而且你無法想像這地方會歡迎像珀希這樣的黑人猿。但我們走進去了，而且珀希開始對侍者大呼小叫、頤指氣使，提醒你，他們甚至不及珀希四分之一黑。他們沒辱罵他還真是奇蹟，尤其周圍又全是那些白人。喝完酒後，珀希說，「你想去哪兒吃午餐？」

問我，我對這城裡的餐廳一無所知，而且當珀希說起吃飯，我想得到的只有在某印度小攤上來點米飯、豆子或烤餅，或者上某個小喫茶店，喝點莫比，加塊石頭蛋糕。尤其你口袋裡只有兩根鐵釘正敲得叮噹響，卻有人想向你炫耀，就算那人蠢笨如珀希，還是教人該死的難受。因此我告訴珀希，我們可以去喫茶店或者酒吧。但他說，「不，不。當我招待朋友時，可不喜歡讓黑人的手碰到我的食物。」

就在那時，我好似醍醐灌頂，突然醒悟了什麼。我想千里達人老說格瑞那達人蠢是有道理的，雖然你得在一個地方住得夠久，才能真正瞭解這地方。然後，夥計，我恍然大悟。

當千里達的黑人走進一家餐廳，他們不喜歡看見黑人碰他們的食物。然後我發現，雖然千里達有各種種族和膚色，每個種族都得做專門的事。但聽好，夥計，假如你想買冰淇淋，你會向誰買？你不會向印度人或者中果人，或者葡萄牙人買。你會向黑人買。而我自己，當我在阿羅卡裝修我的店時，我沒有請印度木匠或泥水匠。在千里達，假如印度人想當木匠，那人一定餓死。誰見過印度木匠？我猜世界上唯一有印度木匠和泥水匠的地方就是印度。這是不是件該死的怪事。最近我打算挑個時間去那國家旅行，只為了瞧瞧這種事。就在我們走去餐廳的路上，我看見麵包店的名字：柯爾荷、龐坦、史陶伯。葡掏牙或瑞士，諸如此類的，然後是所有那些別的中果地名。再瞧瞧洗衣店。假如一個黑人開了家洗衣店，你會把衣服送去洗？我是不會拿去的。無論如何，我人朝著餐廳走去，內心雀躍不已。然後所有的事都兜到一塊兒。你記得老中從不讓我在櫃臺後賣麵包嗎？我總以為他們是不相信我忙得過來。但並非如此。原因是，假如他們讓我顧櫃臺，他們可就一點都不會忙了。你曾見過哪個人跟黑人買麵包？

我問珀希，他為何不喜歡黑人在公共場所碰他的食物。這問題有點把他問倒。他停下來想了想，然後說，「就不好看啊。」

*

好啦，接下來的故事你一定猜到了。在我回阿羅卡之前，我與一個叫麥納伯的黃種人男孩聯繫。這男孩半黑人半中國人血統，而且，雖然帶點棕色，頭髮也有些捲，卻常被誤認為廣東人。我想，那些廣東人比其他的中果人稍黑。我在某人的院子裡發現麥納伯在打鋼鼓——他們正在為嘉年華表演練習——而我猜麥納伯之所以願意大老遠跑來阿羅卡，只因為缺錢買嘉年華樂隊的制服。

但他和我一起往北走。我把他安置在店舖裡，給他一件美麗諾羊毛衣和一條卡其短褲，並且要他盡可能像老中一樣地說話，這樣他就可以得到他的嘉年華獎金。我留在後面房間，開始做麵包。我甚至給麥納伯一份舊的中文報紙，不是用來看的，麥納伯連英文都大字不識幾個，只是到處擺著，看起來像回事。而且我還弄來那種大幅的中果月曆，上面印著中果女人、花和瀑布，掛在牆上。等這一切準備就緒，我雙膝跪下感謝神。傳回的還是那句老話，只不過這次和善又開心：「小夥子，你只管做麵包。」

而且，你知道的，這也解決了另一個問題。我正為這店的店名煩惱得要命。新上海，廣東，香港，南京，揚子江。但當老話又在我耳畔響起時，我立刻明白這家店該叫什麼。我把舊店名擦掉——不需要告訴你們原本的名字——然後我找到個合適的畫招牌工人，要他臨摹中果報紙上的幾個字體。在那些字體下，我讓他以斗大的字寫下：

蕭火梓
麵包坊

我再也沒在店舖前面露過臉。而且我跟你說，不是吹牛，我烤的麵包真該死的好吃。而阿羅卡的人也沒那麼蠢。他們還識貨。所以沒多久，我口袋非常麥克麥克，讓我能在阿利瑪，然後是西班牙港都開分店。剛開始很難讓一個道地的老中為一個黑人工作。但有錢能使鬼推磨，所以現在倘若你經過任何一家蕭火梓店面，在櫃臺後看見的都是中果人。他們其中有些人甚至不知道自己的老闆是黑人。我太太負責管理店面，而我太太是中果人。她是南方賽德洛斯那一帶的人。現在看看我，在西班牙港，我可是史陶柏、龐坦和柯爾荷的強勁對手。如我所說，我只從後門進入店舖。但每個週一早上，我可以非常非常神氣地到海事廣場，從大門，走進銀行。

——一九六二

島上的旗幟

為電視所寫的奇幻劇

A Flag on the Island

1

這是我曾經繞行數年的一個島嶼。我的工作常讓我往那帶跑，而且我本可以隨時回去看看。但在我的想像中，這島已經不准進出；而且我希望它保持如此。每當——好比說——看見那毫不含糊而且再尋常不過地出現在機場看板上的名字，而考慮舊地重遊時，卻總意興闌珊。其實當時很容易就能鑽進一輛車裡，讓樹、房子、人，他們奇特有趣的廣告，和謎般的行程來定義一個名字。當名字有了血肉之後就非常容易摧毀。到頭來所有的風景都只停留在想像中；面對現實又重新開始。

而這島現在就在我眼前。它不在我們預定的行程內，但那邊，北方那些觀光小島上，正躬逢年度颶風盛事；而其中一個颶風的新聞——那颶風叫愛琳，把我們送進此島。因為船上的新聞快報說，此島還算安全。這裡只在一九二〇年代刮過一次颶風，一次溫和的颶風；當時的科學家曾說，以科學家的角度說道，該島又可安全個一百年。雖然，地方無線電台的激動報導不會讓你這麼想（當我們緩緩由狹窄的航道進入港灣時，我們的晶體管才接收到）。航道雙側是頂端蔥蘢的高聳岩石小島，平靜、清澈，卻危險。

我曾經希望或祈願再也不用看見那航道和那些小島，卻還是到了這裡。而且在整趟北行的旅程中，我一直如此冷靜。我幾乎一上船就決定要自我節制、甚至刻苦；而且這麼做讓我獲得一種深層的滿足感。我幾乎沒吃什麼，也完全沒喝東西。我想像自己一天一天地皺縮，而且每天作這種評估實在好玩。當我坐下時，我試著讓自己盡可能地蜷縮；然後——這對當時的我來說，已是一種消遣——戴上我的眼鏡，試圖閱讀，成為苦行，卻能從自己持續縮水的肉體，感知更大樂趣的人。成為溫和良善，說話輕聲細語、害羞內向又軟弱無能的苦行者；在內心的紊亂叢林中替自己開闢一絲清明；並且不斷向自己保證，那清明猶存。

此刻，當我們走進港灣，我可以感覺紊亂再次湧入。我提心吊膽、煩躁、不滿，而且突然變得不完整起來。不過，我努力克制。我決定不要和其餘人一起上岸。我們將在島上待到颶風捲走為止。船公司已把遊覽行程安排好。

「這地方叫什麼名字？在機場他們總是直接把名字告訴你。港口卻不斷要你猜。我奇怪為什麼？」

「哲學家！」

一對夫妻，一搭一唱地說。

我們已經成了新聞。晶體管上傳出一則報導，像其他則一樣令人屏息：「以下是保安教育部的呼籲。接下來幾天，將有五百名觀光客在我們的島上停留。該部敦促大家拿出我們素有的謙恭友善態度款待這些觀光客。」

「土著們很興奮。」一名觀光客對我說。

「是啊，」我說，「我想這是他們吃我們的大好機會。我們看起來都很可口。」

鋁礬土裝運站上方的紅色塵霧讓城市和山丘大為減色。觀光客們凝視著，他們頭戴草帽，身穿百慕達短褲和鮮豔棉襯衫，沿著欄杆排成一列，看起來很脆弱。

「以下是保安教育部的呼籲……」

我想像這呼籲會傳到理髮店、蘭姆酒店、咖啡店和我知道的破落小鎮的後院。收音機播放起廣告，賣某種襯衫的；風琴聲嗚咽，唸幾則訃聞；又是廣告，賣洗衣粉；然後是驚天動地的報時，以及詳細的天氣和氣溫報導。

一個女人說，「他們這裡也很在乎時間和天氣。」

他的丈夫，他豔麗的觀光客裝扮幾乎掩飾不了他的不悅，「他們為何見鬼的不該在乎？」

他們沒有一搭一唱。

我往下走進我的艙房。途中遇見一對較開心的夫妻，已經穿得像要去參加嘉年華會。

「你不打算上岸嗎？」男的問。

「不了，我想我就留在這兒看看書。」

於是在我自願的孤立中，我確實試著讀書。我戴上我的眼鏡，試著享受我縮水、刻苦的肉軀。但沒有用；紊亂不斷浮現；騷動與威脅已經轉化成那種本質上是滿足的內在激動與虛脫。

在這班摩爾–麥科馬克的郵輪上，每件東西都是摩爾–麥科馬克。在我白色的艙房裡，這名字從每個角落、每個物品、從毛巾、衛生紙、信紙，從桌巾、枕頭套、床單、毯子、從杯子和菜單上，吸住我的目光。這名字似乎就這樣深入、滲入——就像我們聽說應該擔心的輻射——所有暴露在它面前者的皮膚裡，在身體內，貼著活的紅血球細胞蜿蜒起伏。

摩爾–麥科馬克，摩爾–麥科馬克。人變成了上帝。在這艙房裡無可逭逃；不過我知道一旦我們下船，這名字就失去力量。幾乎是情勢逼人。我要上岸；我要在岸上過夜。我的情緒攫住了我；我任其紮根蔓生；任其主宰。然後我看見邊把公事包、紙、信、護照收起的我，也能有自己軟弱的信念。我也試著給自己貼標籤，而且我的標籤中，沒有一個能說服我，我屬於我自己。

這是我部分的心情；它讓我更形焦慮；我感覺整個世界正在被沖走，連我也跟著被沖走。我覺得我的生命短暫。測試膽量的孩子把腳踏入湍流，雖然水深及踝，但瞬間消失的穩靠土地只讓他覺察天空、樹木和他腳上力量的恐怖。千分之幾秒的清明反而讓他更加恐懼。因此，我們同一條牙膏可以用上多年，至終不曾注意軟管的顏色；但若把我們安置在陌生的標籤之中，在混亂騷動之間，在不熟悉的風景之間；每一個我們所擁有、不曾受注意的物品反而被獨立出來，訴說我們乖僻的依附性。

「你要上岸過夜嗎？」

一個長了張和藹圓臉，看起來很聰明的小個兒男人問。他在船上的日子也和我一樣沉默寡言，而且我老見他和一個穿灰西裝的大塊頭男人同進出，那男人的長相我永遠也記不住。謠傳他很有錢，但我沒多加注意；一如我也沒多加注意另個謠傳說船上有個俄國間諜，是囚犯。

「是啊，我打算勇敢點。」

「哦，我很高興，」他說，「我們結伴的話應該會很好玩。」

「謝謝邀請我。」

「我說好玩，不是你想的那種好玩。」

「我也不懂你的意思。」

他沒停止微笑，「我猜你是上岸去找樂子的。」

「呃，我想你可以那麼說。」

「我很高興我們在這裡短暫停留。」他擺出那種有要事在身的人的臉，「你瞧，我在這兒有點生意要做，」他嚴肅地說，但難掩興奮之情，「你熟悉這個島嗎？」

「我曾經非常熟悉。」

「哇噢，我太高興能和你相遇，你正是我想認識的那種人。你可以給我很多協助。」

「我可以替你簡化事情，列張絕對不必去的地名表。」

他一臉煩惱，「我真的是來這裡做生意的。」

「你是可以在這兒做到很好的生意，我就曾經如此。」

樂子？我已經開始倦了。我覺得胃抽緊；所有幾天幾週以來沒耗盡的精力似乎全發餿了。想吃蚌殼和海產的渴望升起。我幾乎可以感覺到嘴裡因渴望而翻起的噁心腥臭味，我知道這全肇因於先前的行為，接下來有段時間我會吃不完一餐飯，而且只要我的心情延續，我所尋求的滿足喜悅，很快便會成為憂傷和滿意的拉鋸戰，並且以痛苦收場。

我曾是最冷漠的觀光客，意料之外的假期一點也不讓我興奮。現在，隨著我們登岸，我卻成了最帶勁兒的人。

「嘿，你閱讀速度還真快。」

「我只讀最後一頁——男管家幹的。」

在摩登的接待中心大樓裡，盛裝的女孩們——充滿一種怯生生的魅力，按種族和膚色挑選出來的，一、兩個全黑的黑人，政治上的考量——把島上的紀念品推擠到我們面前：玩具鋼鼓，棉布做的市場婦女娃娃，鐵絲做的音樂家，用椰子雕刻的像圖騰的臉。在鐵絲網那頭，城市裡的計程車司機激動莫名。做為屏障的鐵網看起來很不牢靠。

「簡直像動物園，」那女人說。

「是啊，」她怨懟的丈夫說，「他們可能會朝你丟堅果。」

我四處尋找電話，還要了電話簿。那電話簿很小。

「玩具電話簿。」那名快樂的觀光客說。

「裡面全是洋娃娃的電話號碼。」我說。

我撥號碼，等候。一個我認得的聲音說，「呵囉。」我閉上眼睛聆聽。那聲音說，「呵囉，呵囉。」我掛上聽筒。

「調皮。」

是我船上的朋友。他的同伴站在大廳的另一頭，背對著我們；他正看著旋轉書架上的書。

「辛克萊在看什麼看得這麼起勁？我們要不要也過去看看？」

我們往那頭走，辛克萊拖著腳步走開。

書架上陳列的書大都由一個叫H．J．B．懷特的人所寫。每本書封底都有一張作家的照片。常在作家相片上看見的那張表情——一張痛苦扭曲的臉。但我想像他對我眨眼睛，我眨回去。

「你認識他？」我朋友問。

「我不知道我們當中是否有任何人真認識布萊克懷特先生，」我說，「他是個與時俱進、跟得上時代的人。」

「在地作家？」

「非常在地。」

他伸出一根畏怯的手指數算這些書名，「他好像很厲害。哦，我希望我能見見他。哦，這本看起來非常棒。」

他拿起的那本書叫《我恨你》，副標是「尋找身分的男人」。他貪婪地翻開書，雙唇開始掀動，「我是一個沒有身分的人。憎恨已把我的身分磨蝕光。我的個性已被憎恨扭曲。我唱的聖歌已不是讚美詩而是憎恨詩。你說，當一個卡利班[1]是多可怕的事。我說，多了不起，因此了不起成為我不可能的主題。」

他停止朗讀，把書遞給店員並且說，「小姐，小姐，我要買這本。」接著又指著一個又一個的書名，「還有這本，這本，這本，和這本。」

不是只有他，許多觀光客已被巧妙地引到書架旁。

「土著作家。」

「別用那個詞。」

「很有地方色彩，你覺得呢？」

「注意你的用辭。」

「但瞧，他在罵我們。」

1 譯註：Caliban，莎劇暴風雨中的半人半獸怪物，醜陋兇殘。

「不，他只罵觀光客。」

一群人繼續往前移動，留下被拿空的書架。

H·J·B·懷特的書我全買了。

賣書給我的女孩說，「觀光客通常喜歡《我恨你》，但我自己比較喜歡這些小說。都是些能溫暖人心的故事。」

「有『老少咸宜』的性？」

「哦不，跨種族的。」

「抱歉，我要換別的書。」

我戴上眼鏡，閱讀其中一本書的題獻頁：「多虧哈克基金會慷慨的資助，促使此書成形，謹此致謝。」另一本書則向史多克維爾基金會致謝。我的同伴——他已經變成我的同伴——把他自己的書全夾在腋下，湊在我旁邊，一起看我的。

「你瞧，」他說，「他們全追著他跑，我不認為他會多看我一眼。」

我們收到不同公司送的迷你蘭姆酒。小廣告傳單和折頁上印滿照片和標有箭頭與X記號的地圖，告訴我們如今已飽經探索的島嶼之美。女孩在解說景點時尤其顯得親切友善。

「你們這兒不是有泥火山，」我說，「而且非常美，但傳單上都沒提到。現在城裡最好的妓院是哪家？」

觀光客全瞪著眼看。那女孩大喊「菲利普先生！」我的同伴勾住我的手臂，像對孩子般微笑並安撫地說，「嘿，我想我得好好照顧你，我瞭解壓力大時的感覺。」

「你知道的，我相信你瞭解。」

「我叫蘭納德。」

「我是法蘭克。」我說。

「弗蘭肯斯坦的簡稱。別見怪，開個小玩笑。你見過我在那邊的朋友了，但你沒看見他的臉對嗎？他是辛克萊。」

辛克萊站著，背對我們，正端詳某些陰鬱的畫，描繪暴風雨天空下的黑暗海灘。

「但辛克萊不會跟你說話，尤其現在他見我在和你說話。」

在一片騷亂的接待中心大樓裡，我們是三個固定的點。

「辛克萊為什麼不會和我說話？」

「他吃醋。」

「真有你的。」

我脫身去招計程車。

「嘿，你不能離開我，我很擔心你，記得嗎？」

在一個寫著歡迎來到多采多姿島嶼的木頭拱門下，計程車司機穿著樸素的碳灰長褲，白襯衫，某些人甚至打著領帶，一副中了廣播禮貌呼籲的邪，瘋了似地衝向觀光客，後者的加勒比海棉襯衫上，正奢侈地印著鑲滿棕櫚樹的海灘、茅草頂小屋和草裙，讓他們目標明顯，很容易辨認。然而熱帶風情似乎只出現在他們的背上；當他們鑽進計程車裡，熱帶風情也隨之而去。

我們來到有玻璃帷幕大樓的大道，有空調的酒吧，加油站，和措辭誘人的廣告。寫著自豪、辛勤、文化的標語到處都是。海關大樓上有面旗幟，我沒見過那旗幟：金黃色的太陽光束照亮波浪翻湧的藍色海洋。

「你們的米字旗呢？」

計程車司機說，「他們拿走了，送來這個。老實說，我比較喜歡從前的米字旗。可別誤會我，我純粹是就旗子本身來說。他們把這玩意兒送來，並且試著扯些什麼紋金，朝下的紅色楔形、銀色的盾邊、波浪橫條紋盾底等的廢話來討好我們。他們想用這類的話來討我們開心，但我還是比較喜歡老米字旗。那看起來比較像真正的國旗。這個看起來像他們自己假造的，你知道的，就像那些外幣。」

對我來說，這島嶼曾經是沒有旗幟的。當然有米字旗，但那是一種薄弱的宣誓。這個島是個漂浮的、在時間裡停格、沒有依歸的地方，如果你想，你可以帶自己的旗幟來。每天傍晚，我們在基地通常會在日落時降下星條旗；軍號聲響起，並傳遍城裡的狹窄街道、高大樹木和老舊木屋，每一個美國軍人都會立正站好。這是一種荒謬的宣誓——本地的小孩取笑我們——

但也不過是這城裡諸多荒謬的宣誓之一。有好長一段時間，布雷克懷特先生都在他前面的房間裡，掛著幀海爾．賽拉西一世[2]的彩色照；而他街角的雜貨店老闆馬禾則在他的中國月曆之間，掛了幅蔣介石的相片。在無旗的島嶼，向國旗敬禮的我們，打算回美國；馬禾打算一等戰爭結束，就回廣東；而一直掛在那兒的賽拉西一世相片則提醒布雷克懷特先生，同時也提醒我們，他也有個地方可回。「這個地方不存在，」他總說，而且他比我們任何人都明智。

現在，開車穿越特徵改變如此之大的城市，似乎連土地本身，土壤的性質都跟著變了，我再次感覺真實的風景，以及或許所有的人際關係都只存在於想像中。此刻這地方是存在的：這是那旗幟所傳遞的訊息。

車子開始爬坡。一個涵洞上，兩名唱加力騷音樂的歌手，穿著適合表演的服裝，沮喪地坐著，等候有人惠顧。過了一會兒，我們看見兩名成功招徠客人的樂手。他們正對著那名開心的妻子大唱小夜曲。計程車司機手插在口袋裡，嘴裡叼著牙籤，無所事事地站著，那名怨懟的丈夫也無所事事地站著，但他看起來像正努力壓抑內心的怒火。

飯店是新的。大廳裡有許多試圖頌讚本地風景和居民的壁畫，但飯店本身的存在似乎就是一種否定。大廳的布告欄上寫著我們郵輪的名字，還加上「開船時間未定」。一張海報宣傳著

2 譯註：衣索比亞皇帝。

椰林。另一張則介紹在希爾頓舉行的烤肉之夜，主持人是本地當紅的電視名人蓋瑞・普利斯蘭。還有張他和他的模特兒的合照。但我只看見牧師，穿著白袍的牧師，某語言的專家，他六名唱讚美詩的小女孩的皮條客，他沒有對我眨眼睛。他垮下臉；他威脅。我把手蓋在他的臉上。

在波盪起伏的心情中，我告訴自己，這世界並非正在沖走；依舊有機會；給予我無助感，玷污幻想的現實只存在我心中。不過接著我發現，這心是陌生、異化而且不友善的，而且我永遠無法校準事物。希爾頓，希爾頓，甚至在這兒，甚至在床頭櫃上的書裡。而且椰林也再次出現在桌上的一張廣告傳單上，就擺在用綠色玻璃紙包起，還繫條紅色緞帶的水果盅旁。

我打電話叫酒；然後我又撥了電話，聽見那聲音，然後什麼也沒說。還不到午餐時間，我就已經喝太多。

「法蘭克，你的眼睛還是比你的舌頭長。」

這是島上的諺語；我以為我會在電話中聽見。

午餐，午餐。讓我條理分明地點吧。由甜瓜或酪梨開始，再接著點些別的——但什麼？是什麼？而且一走進餐廳，對牡蠣和貝類的渴求就制伏了我。穿制服的門僮敲著一面玩具鋼骨，漫步進餐廳，並且高喊著一個名字。我幻想是在喊我：「法蘭基。法蘭基。」但當然，我沒那麼蠢。

我看見辛克萊的背影，他正走向一張餐桌。他坐在最遠那頭，彷彿是一個要拍全景的人。

「你覺得好些了嗎？」

「蘭納德？」

「法蘭克。」

「蘭納德，你喜歡海鮮嗎？」

「還可以。」

「我要去拿些牡蠣。」

「一個很好的前菜。讓我們都去拿些，我要拿半打。」

侍者的翻領上別著黃太陽和波浪海圖樣的徽章；我的視線順著波浪漂流。

「半打給他。我要五十隻。」

「五十隻。」蘭納德說。

「嗯，這個，乾脆給我一百隻好了。」

蘭納德微笑，「小子，我真高興遇見你，你相信我，不是嗎？法蘭克。」

「我相信你。」

「你知道的，大家都不相信我是來做生意的。他們都以為我瞎掰。」

侍者把蘭納德的六隻和我的一百隻送來。這牡蠣是島上的小品種；六隻還填不滿蘭納德牡蠣盤上的一個洞。

「六隻牡蠣就這麼多？」蘭納德問侍者。

「這就是六隻。」

「好的，好的，」蘭納德輕哄地說，「我只是想確定一下。當然，」他對我說，「聽起來不像洽公。你瞧——」

穿制服的門僮又走回餐廳，玩具鋼鼓鼓聲嘹亮，他高喊一個名字。

「——你瞧，我非撒個一百萬出去不可。」

我的牡蠣裝在平底玻璃杯裡送來。我挖出一打牡蠣肉吞下。

「沒錯，」蘭納德說，「聽起來不像洽公。但就是。一個人必須確定自己的錢花得明智。我總說，賺個一百萬不難，但要花可就難多了。」

「我也一直這麼覺得，失陪一下。」

我上樓回房。對我來說，已經吃了太多牡蠣。胃一陣陣地抽緊想吐。即便才吃沒多久，就得逼自己繼續。

我很小心，在這種場合我向來如此，明智地做好準備。我把島上可笑的新鈔，沿著褲腰塞一圈；我把紙鈔散放在所有的口袋裡；我甚至鞋裡也放著錢，平踩在腳底。

我的文件中還有封家書。沒有要事；沒有新聞，只是些關於排水管的瑣事，一個很厲害的工人來修理過了。勇敢的女孩。真勇敢。

我再次想起。我拿起電話，要求打外線，撥號。同樣的聲音回應，我再一次怯懦，只是聽著那抱怨聲，直到電話那頭死寂。

我已經把我所有的標籤都剝除，我所有的信念。很快我就自由了。希爾頓，希爾頓：像神的人。現在再見吧。我的興致高昂。

我走向服務台，把一筆錢轉入飯店的金庫。我們無法避免最後的欺詐：我們或許會想逃跑，但我們總是小心地設法從那個逃跑中逃跑。

趁職員忙碌時，我拿起服務台上的一枝筆，把蓋瑞．普利斯蘭的眼白塗黑，再畫一枝箭射穿他的脖子。職員訓練有素。一直等到我轉身後，他才把那張毀損的海報取下，換上一張新的。

穿制服的門僮吹口哨叫來一輛計程車，我給了他一塊當地的錢；太多了，但他試圖做驚訝狀的神情很逗趣。他打開計程車門，關上，敬禮。這是職責的最後一部分。我沒有向計程車司機報上任何酒吧的名字；我給了他市中心一家百貨公司的名字。當我下車時，我還真的走進去，彷彿計程車司機正在注視我，而扮演好他在心中為我描畫出的形象是很重要的。

這家百貨公司裡有冷氣。裡頭的世界清涼安靜。我的惱怒加劇。

「先生，需要什麼嗎？」

「不，謝謝，我只是經過。」

我口氣裡帶著不必要的攻擊性；一、兩名顧客瞪著我看，我本能地等待蘭納德插嘴。

「蘭納德。」我低語，轉身。

但他不在。

百貨公司的小姐往後退了一步，我匆匆從另一扇門出去，進入濕熱、白亮和水溝臭氣的衝擊中。冷氣機萬歲。我的心情佔有了我。我醉了，比喝酒還醉，但比醉酒空虛。

錢財開始從我的指縫流洩出去。這是興奮之一；錢變成其他人爭奪的紙。這裡的入場費兩塊，那裡的啤酒一塊；香菸是兩倍價：我全付紙鈔。明亮的空間，要命得亮，而且喧囂如海邊。黃色綠色紅色出現在酒瓶上、標籤上、牆上的月曆上。在一連串這樣的酒吧裡，蓋瑞·普利斯蘭間歇地出現於電視上，主持一個討論愛與婚姻的節目。而一張漆黑一片的臉孔，一個黑得都看不清五官的女人說，「呃，我是為愛結婚的。」「不，她是為恨結婚。」笑浪四起。某個人把弄著電視機上的旋鈕，試圖調整；而我突然浮現那想法，或許真說出了口。「這玩意兒很失真。」

在明亮的房間，明亮的海洋裡，我漂浮著。而且我探索著黑暗的洞穴，這麼黑，你只能伸手摸索、靜坐不動，而且到最後，你發現自己竟孤單一人。

「大家都去哪兒了？」

「他們馬上到。」

在一間近乎空盪的房內——昏暗的燈光、黝深的牆、黝深的椅——坐在桌子邊緣的男人邀請我們到他身邊。我們這屋內的六個人全向他靠攏，彷彿是去看夜總會表演。他翹著腳並且擺動。「他要脱衣嗎？」

再次一頭霧水。門上；砌了磁磚的入口；掛著不顯眼的牌子：

英國協會

伊莉莎白時期抒情詩

一期六堂課

我始終覺得倘若我能耐著性子挑選會好很多。一次又一次我都向自己保證要這麼做。但每當女孩走過來並且説——在我看來如此可悲——「我要睡你。」我就明白，接下來會發生什麼事；我毫無毅力抵抗。

自豪，廣場對面的霓虹燈閃耀。

她點了杯司陶特黑啤酒。

「你是個誠實的女孩。」

「黑啤酒能讓我堅強。」

辛勤

黑啤酒送來。

「啊，」她說，「我的老鬥牛犬。」

鬥牛犬從瓶頸上的標籤對著我咆哮。跟黑啤酒一起來的，還有兩名男人，穿得像旅遊指南上的加力騷樂手，和通往飯店爬坡路上的加力騷樂手。

「且讓我在此歡迎先生來到我們多采多姿的小島。」

文化

「滾開！」我大喊。

她看起來有些緊張；她躊躇地對著我身後的某個人說，「沒關係的，珀希。」然後對我說，「你為何要趕他們走？」

「我會尷尬。」

「什麼意思，他們令你尷尬？」

「他們不是真的，瞧，我的手可以穿過他們。」

揹著吉他的男人抬起手臂；我的手穿過去。

歌開始唱著：「一眨眼，這位先生就得了酒精憂鬱症。」

「天哪！」

當我放下遮面的手時，我看見一隻戴著戒指的手，那是一隻有所期待的手。我付錢；我喝酒。

一個肥胖的白人女人開始在高起的地板上跳點簡單的舞蹈。我看不下去。

「你怎麼回事？」

當那女人狀似要拋出最後一件衣服時，我站起來，並且高喊，「不！」

「你這樣一個大人物怎能這樣羞辱我？」

一直拿著根枴杖坐在台階頂端的男人走向我們這桌。他的手朝屋內揮揮，劃過描繪著鋼鼓和在金沙上跳舞女子的畫作，指向一個告示牌：

根據保安教育部命令
顧客避免做出猥褻和無禮的行為

「沒關係，珀希。」女孩說。

珀希也只能用指的。因為鋼鼓樂隊，說話根本聽不見。我坐下。

珀希走開，女孩溫和地說，「坐下來告訴我，為何每件事都讓你覺得尷尬？你們觀光客來此不就為了看這些？」她召喚侍者，「我要一份炸雞。」

「不，」我說，「你不准吃半塊該死的炸雞。」

就在此刻，樂聲碰巧結束，我的話在整個房內迴盪。日本水手──我們在港口見過他們的拖網漁船──抬頭看。美國飛行員抬頭看。珀希抬頭看。

然後在一片靜默中，女孩對著整室大喊，「他覺得所有的事都很尷尬，而且他該死的很吝嗇。」她站起來並指著我，「他在世界各地旅行。而我想要的只不過是塊炸雞。」

「法蘭克。」我聽見一個聲音輕喊。

「蘭納德。」我輕聲回應。

「哦，夥計，我真高興找到你了。我已經找了你好久。我已經跑了這麼多家酒吧，這麼多家。我找到所有這些可愛的名字，所有這些有趣的人，需要我的幫助，並且給他們錢。有時候，我很難要到名字。你知道人們是怎麼誤會的。我很擔心你。辛克萊也擔心你。」

辛克萊坐在有些距離外的桌旁，背對著我們，在喝酒。

卡在蘭納德和點一份炸雞的要求中，我買下那份炸雞。

「你知道的，」蘭納德祕密地說，「看來該去的地方是椰林。聽起來很棒，正是我要找的地方。你知道那裡吧？」

「我知道。」

「那麼聽著，我們三人何不現在就去。」

「我不去椰林。」女孩說。

蘭納德對我說，「我是指你、我和辛克萊。」

「你這什麼鬼意思？」她站起來，抓起黑啤酒瓶，斜對著蘭納德的腦袋，一副要倒的樣子。她喊，「珀希！」

蘭納德閉上雙眼，認命地靜候。

「馬上回來，蘭納德。」我說，我抓著女孩跑下樓梯，她手上還抓著啤酒瓶。

「你為何突然變得這麼猴急？」

「我不知道，但這是你的大好機會。」

樓梯盡頭敞開的車門似乎是種邀請。我們鑽進去，門在我們身後砰地關上。

「我已經甩開樓上那些人了。他們瘋了，瘋得厲害。你不知道我把你從什麼樣的險境中救出來。」

她看著我。

於是就這樣開始了：從桌旁出走；有意無意地對看；拒絕走上百碼的路回飯店；兩塊錢的計程車；沒清掃的水泥樓梯；光線昏暗的房間；廉價木頭家具；牆上俗麗的日曆，挫敗的欲望；挫敗的肉體；電視螢光幕的藍色閃光；現在蓋瑞．普利斯蘭變成在報颶風新聞；高雅得令人驚詫的玻璃櫃；使用過度的破床。

以及在間歇出現的清醒瞬間，撥電話：高聲抱怨和砰地掛斷。

就這樣開始。酒吧、飯店，和女孩間無意義的對話。「你叫什麼名字？你哪裡人？你想要什麼？」喝酒；胃裡發脹的感覺；島上牡蠣和辣椒醬的噁心味道；不通風的房間；廢紙簍，濕漉漉的白色垃圾；以及白色的洗臉盆——仰躺在破舊的床上，令人聯想起醫院、藥、手術、發燒、譫妄。

「不！」

「我甚至還沒碰你。」

在我上頭的是張愚蠢的臉，正努力散發魅力的可憐身體毫無魅力。可憐的身體，可憐的肉軀；可憐的人。

再次陷入迷亂。我一定說了些什麼。一個女人嚎啕大哭，聲稱受辱，並呼叫勇敢的人前來搭救，但空盪的木頭樓梯只傳來回響。然後在花牆與玫瑰花之間，許多晶瑩的白玫瑰，一隻狗狂吠、嗥叫著。受侵犯的黑色身體因受辱而變得蒼白。同樣的尖叫，同樣地喊著要報仇。在數以百計衣著齊整，戴著眼鏡，手拿拍紙簿和鉛筆的人之間，那身體追著我跑過一條通道。然後到另一個入口；另一個砌有磁磚的門；另一塊不顯眼的招牌：

法語聯盟

藝術課程
巴黎模特兒（免門票）

並且瞥見蘭納德：就像想像中的場景，有上百萬鈔票要撒的男人，穿花衣的吹笛人，彷彿在夢裡般，我看見他從街上走過，後頭跟著一長列鋼鼓隊樂手、歌手，和喊叫著要錢的女人。他領頭走著，親切，驚愕，微笑。

日頭西斜，夜幕陡地拉下，大口吞噬掉時間。點燈的碼頭上站著老練有耐心的人。酒吧散發蘭姆酒和公廁的味道。從鐵絲網上的洞口裡朝我塞來啤酒、一些紙鈔和硬幣。有人握住我的右手，那張微笑的、恐怖的、好笑的、嚇人的黑色的臉——我似乎已從一個毛孔到一個毛孔、一根頭髮到一根頭髮地研究過——正說道，「不留些零錢給我嗎？」

迷亂。瞥見一些表露興趣而非敵意的臉孔。跌倒翻滾聲；潮濕的地板；我自己喊「不」的聲音，和重複的答句：「下回記得帶錢。」

而在無人廣場另一頭的安靜街道上，午夜即將降臨，仙杜瑞拉的時間，我坐在人行道上，完全清醒，腳踏在水溝裡，正在吸吮一顆橘子。上頭是位戴草帽的老太太，法蘭波玻璃飲料瓶做的油燈裡，冒著煙的黃色火焰是唯一照明。商店櫥窗中的電視上，蓋瑞．普利斯蘭和馬禾四人組在玻璃板後瘖啞地發瘋。

「好點了嗎？」她說。

「好點了。」

「現在的這些人，他們不曾擁有，他們只想要。」

「他們要什麼？」

「聽好，要你有的。」

一個假美國腔的聲音響起：「老兄，需要我效力嗎？」

「你有什麼？」

「我有白的，」計程車司機說，「我有中國人、葡萄牙人，我有印度人，我有西班牙人。別問我要黑人，我不做黑人。」

「這就對了，小子，」老太太說，「別讓他們墮落。」

「我現在黑的白的都不想要。」

「我想也是。」幻覺中的老太太說。

「那麼你該去椰林，」計程車司機說，「非常有文化。老手都去那兒。」

「被你說得好像很歡樂。」

「我懂你的意思。這個文化還過得去，但賺不了錢。你要問我，就只是一大堆的挑逗。一大堆敗德的暴露穿著，到最後你兩隻手唯一可做的就是鼓掌。老手的心神是被挑旺了，但身體卻太軟弱，跟不上。」

「聽起來就像我。經過成熟的思考，我覺得，我們應該去椰林。」

「而且還有，我正要說，他們可不會讓這樣的你進去，老傢伙，瞧瞧你。」

「我不知道，你剛有些話我沒聽見。你想要我去這地方嗎？」

「我什麼也沒想要。我只是在說，他們不會讓你進去。」

「我們試試。」

「在這類的文化夜店，他們都有些高壯的保鏢，你知道的。」

我們駛過安靜的街道，街上偶見的霓虹燈閃著自豪、辛勤、文化的字樣。在車裡，收音機傳來午夜新聞，可怕的新聞，因為播報的方式。然後是風速和氣溫的新聞，還有颶風，還沒走。

「你懂我的意思。」當我們停下來時，計程車司機說。

「變了，」我說，「這曾經是個普通的房子的，你知道。你知道那些沿著屋簷有山牆和回紋浮雕的木造房子嗎？」

「哦，那些老式的房子。我們現在一天到晚在拆。你別指望還能找到多少。」

「亨利的店」很新，而且格局方正，鑲了很多玻璃。在那些玻璃後，是一盆盆的綠色植栽；再後頭是百葉窗。粗糙的石牆，縫隙嵌著砂漿，一扇厚重的玻璃門，也貼滿俱樂部和旅遊協會的推薦，就像舊日旅客的皮箱。在那扇門後頭，是保鏢。

「很高壯，對嗎？」計程車司機說。

「他是個大塊頭。」

「你想碰碰運氣。」

「或許晚一點，現在我只想讓你慢慢沿著這條街往前開。」

保鏢目送我們離開。我回看他；他繼續看著我。而我怎能忘記？在椰林的對面，什麼？我張望，我瞧見了。

保安教育部

大學學院

創意寫作系

系主任：H·J·B·懷特

課程：奧林帕斯

「你不介意開這麼慢吧？」我問司機。

「不，我不忙時，常接出殯的工作。」

現在街上已不見翻倒的垃圾箱；也不見流浪狗膽小地四處搶食。我們行經的街道像是建築師設計圖裡的街道。整齊新穎的建築物上頭，樹在搖擺。風吹得很高；銀黑相間的雲競走著。我們來到一個交叉路口。

「超市。」計程車司機說，指指。

「超市。」

再往前些，我的焦慮開始消散。在我既期待又害怕見到一間房子的地方，竟是塊空地。我爬出車外，走去查看。

「你在找什麼？」

「我的房子。」

「你確定你把房子留在這兒？這還真是該死的粗心大意。」

「他們拆了我的房子。」我在野草叢中走著，到處看。

「房子沒了，」計程車司機說，「你在找什麼？」

「一個解釋。拿去，走吧，別管我。」我把錢付給他。

他沒走。他留在原地，看著我。我開始快步走回椰林，風吹拂著我的髮，吹得我的襯衫拍打不已。彷彿也是這樣，雖然不是晚上，在暴走的天空下，而是在大白天，在一個萬里無雲的晴朗天空下，我第一次來到這條街上。感覺天空、樹木，和我腳上力量的恐怖。

2

在那段時間我總覺得是我們把熱帶帶到這個島嶼上的。當我剛來到此鎮時，它的盡頭不是多沙的海灘和椰子樹，而是腐敗的沼澤、紅樹林和泥巴。然後填海成地，在紅樹林裡抓牡蠣的人消失。在開墾來的土地上，我們打造了熱帶。我們搭起組裝的鐵皮軍營，升起我們的旗幟，栽種我們的椰子樹和樹籬。在裝有紗窗的木造大樓之間，我們散布著美麗的小茅屋。

我們把熱帶帶來此島。但島民卻一定認為，是我們把美國帶來這裡。每個人都替我們工作。你問一個人他做什麼的；他不會回答你他是卡車司機或者木匠；他只會簡單告訴你，他替美國人工作。每天早上，卡車開進這城市，載工人；每天下午，卡車開離基地，載他們回來。

島民出力成就我們的熱帶，我們探索他們的。那時候，萬事待舉。完全沒有單張廣告可以告訴你去哪兒購物或者該去哪兒。你得自己去探掘。你很快就會發現那些酒吧；被揍扁和搶劫可不是件愉快的事。

我從基地一個男人那兒聽說亨利的店。他說亨利後院養了幾頭山羊，而且有時候會在某個週日宰來吃。他說亨利是個有趣的怪人。聽起來沒什麼特別誘人的。但某個週四下午，我還是在基地外攔了一輛計程車，決定去見識一下。計程車司機無事不曉；他們是這麼說的。

「你知道有個叫亨利的人嗎？」我問計程車司機，「他養了幾頭山羊？」

「老闆，這島很小，但也沒那麼小。」

「你一定知道他，他有養山羊。」

「不，老闆，你對我坦白，我也對你坦白。假如你想找山羊……」

我讓他帶我去他想去的地方。我們駛過搖搖欲墜的老城市，獨棟木屋散落在色彩最鮮豔的植被之間，似乎全都腐朽。這幾乎不是你會選來找樂子的一個城市；它只能讓你想起空虛的下午。所有這些街道看起來都如此安靜和相似。所有這些房子看起來都如此乏味、單調和相似：非常少的人打理著他們非常少的事務。

計程車司機帶我到不同的房間，有窗簾的，熱的，塞滿家具的，而且髒得足以扼殺所有快樂的念頭。有個房間裡甚至有個嬰兒。「不是我的，不是我的，」那女孩說。當我們來到司機說我可以找到亨利的店的街上時，我有些緊張，他也緊張。

勇敢的年輕人尋歡作樂。興奮的火花業已消褪；而且老實說，我有些尷尬。我想自己去亨利的店，於是我付車錢讓計程車離開。

我想我希望自己發現某個至少看起來像是商店的地方。我尋找招牌。我什麼也沒看見。我走過裝了百葉窗的房子，來到一個裝了百葉窗的雜貨店，那裡唯一的線索甚至只是一塊黑色的小布告欄，以不專業的字體寫著，馬禾持有賣酒許可。我沿著街道另一側往前走。發現我先前沒注意到的東西。在一間爬滿蕨類的房子外，一塊牌子上寫著：

第一商業學院

速記和簿記

校長H·J·布雷克懷特

不時可見飄動的窗簾。我沿著這條短街來回走，開始招徠注意，雖然，想放棄已太遲。我往回走，經過第一商業學院前。這回有個男孩探出一扇窗外，他打著領帶，而且咯咯笑。

我問他，「嘿，你姊姊接客嗎？」

男孩張大嘴，大哭，並把頭縮回窗內。從蕨類後頭傳來咯咯笑聲。一個高個兒男人推開一扇鑲著彩色玻璃片的門，走到簷廊上。他神色嚴峻。他穿著黑色長褲、白襯衫，打黑色領帶。他手上還拿著根棒子。

他操著英國腔，「到別處說你的下流話去，這兒是學校。我們致力於智性上的事。」他嚴厲地指指牌子。

「抱歉，先生——」

他又指指牌子。「布雷克．懷特。H．J．布雷克懷特先生。我的耐性已經到頭，我要坐下來，打封抗議信寄到報社。」

「我自己都想寫某種抗議了。你知道一個叫亨利的店的地方嗎？」

「這不是亨利的店。」

「抱歉，抱歉，但在你離開前，跟我說說，你們的人都做些什麼？」

「什麼意思，做？」

「當你們的人沒事幹時，你們都做些什麼？你們活著是為了什麼？」

蕨類後頭傳出更多的咯咯笑。布雷克懷特轉身，跑進彩玻璃門，進入客廳。我聽見他的棒子在桌子上猛打了一下，並且喊著：「安靜，安靜。」在他立即獲得的安靜中，他揍了個男孩。然後他又現身簷廊，他的袖子捲起，他的臉龐閃著汗水。他似乎滿願意繼續和我聊上幾句，但就在那時，幾輛軍用吉普車從街角拐入，我們聽見男人和女人的叫囂聲，歡樂得過火，我想。布雷克懷特臉上的欣喜被厭惡和驚慌的表情所取代。

「你的同事和夥伴。」他說。

他消失，以某種不急不徐的速度，消失在彩色玻璃片後。他的班上開始唱歌：「輕輕地流，甜美的阿芙頓河。」

吉普車停在布雷克懷特家對面沒籬笆的地上。這塊地上有兩幢無簷廊的木屋。小屋蓋在低矮的水泥墩上；後頭可能還有更多房子。我站在人行道上，吉普車上的眾人匆忙蹦落。我半希望這歡樂的浪潮把我一塊兒捲走。但男男女女只是從我的身畔走過，等浪潮湧入那些屋內和院子裡，我依然留在原地，擱淺在人行道上。

很顯然，亨利的店就像俱樂部。每個人似乎都認識彼此，而且煞有介事。我在附近站著。沒人注意到我。我努力作等人狀。我覺得很蠢。很快地，找樂子已變成我心中最不在乎的事，尊嚴此刻要重要得多。

亨利的店尤其難搞，因為看來它完全不是商業機構。裡頭沒有酒吧，沒有服務生。歡樂的人群只是散坐在從石頭地通往各門口的一段水泥階梯上。外頭沒有桌子，沒有椅子。我可以看見某些房間裡面也是這樣，但我不確定是否有權進入任何一個房間內。這顯然是個你不可單獨前往的地方。

最後是亨利來和我說話。他說，我讓他緊張，也讓小姐們緊張。他說，這些小姐就像賽馬，非常緊張敏感。然後，彷彿在辯解般，他說，「這地方就是你看到的這樣。」

「很好的地方。」我說。

「你不必拍我馬屁；你想留下來，很好；你不想留，也很好。」

亨利還不算個怪人。他不過仍在向怪看齊。我不喜歡特立獨行的怪人。他們令我不安，而且或許因為亨利還不是個怪人——一個人前的表演者，溫暖歡樂卻排外——我和他相處覺得非常自在。後來，當他真變成怪人時，我是和他在一起的另一個怪人；是我們倆在搞小圈圈。

如我所說，為了尊嚴的緣故，那頭一個下午，我一直黏著他。此外，我也對其他人有些怨憎，快樂、融洽成那樣，讓人不想落單。

「我們出去，」亨利說。「踏青，你知道的。小山那頭的海灣，你們的人唯一留給我們的東西。我不知道，你們的人說你們是來這兒打仗的，但你們做的頭一件事，就是奪走我們的海灘。你們把所有白色的沙灘都弄走了；只給我們留下黑色的沙。」

「你知道這些官僚的，他們喜歡保持整潔。」

「我知道，」他說，「他們也喜歡這裡整潔，我都無法告訴你有多少人想把我趕出鎮子。」

「就像路對面那個人？」

「你見過老布雷克懷特了？」

「他打算打封信到報社投訴我。我想，還包括你。以及你的同事和夥伴。」

「他們不會刊登布雷克懷特的信的。你知道的，關係好得很之類的。他以為用打字機打就比較會成功。告訴我，你是怎麼把他惹毛的。我從沒見過哪個人生得你這副文靜相。」

「我問他的學生，是否有個姊姊在接客。」

亨利的苦瓜臉被逗樂時顯得很古怪。他看起來就像奉行苦行的那種人。他的頭髮整齊地往後梳，窄腰長褲上，繫著條領帶當皮帶。這是他衣著上唯一令人吃驚的時髦亮麗表現。

亨利繼續說，「問題就出在土著——」

我對此用詞感到驚訝。

「沒錯，土著。問題就出在土著不喜歡我。你知道的，我不屬於這裡。我就像你，我從外地來的。要我說，一個美麗的島嶼。我從零開始打造這一切。」他朝他的院子揮揮手，「本地的這些人懶惰，而且他們還眼紅得要命。他們老想把我驅逐出境。非法移民諸如此類的。但他們動不了我。我手中掌握所有的籌碼。你聽見人們怎麼說戈登的？黑人；卻是我們這兒最好的律師。戈登之前常來這兒，直到他離婚。那可是條大新聞，你或許在基地有聽說過。」

「當然，我們都聽說了。」

「而且每當我在這種非法移民的事上遇到任何小麻煩時，我都直接像個男人樣地走去戈登辦公室。職員，你知道的，那些打著領帶的傢伙，試圖對我沒禮貌，而我只消跟他們說，『去告訴阿弗雷德』，他的全名是阿弗雷德．戈登，『去告訴阿弗雷德，亨利來了。』當戈登先生親自走出來，和我握手並在眾人面前抬舉我時，每個人都驚訝得後退。『你們都等著，』他說，『我得先見我的老朋友亨利。』牙齒也是。」

「牙齒？」

「牙齒。每回只要我想拔牙，我只需跑去找老林永——中國人，是我們地方上最好的牙醫——他會馬上把我的牙拔掉。你必須有一套自己的生活哲學。聽我告訴你，」他說，「我父親是個廢物，老在賭博，他在街上打一種叫瓦皮七點的牌。而且每次我母親抱怨，並開始大喊，『赫茲奇亞，你打算留什麼給你的小孩？』我父親只會說，『我沒有地，我沒有錢。但我會給我的孩子留下一幫好朋友。』」

「很好的哲學。」我說。

「我們都必須以某種方式合作。某些人以這種方式合作，某些人以那種方式合作，我想你和我會處得很好。馬維斯，替這男人倒杯酒。他還真是健談啊。」

一直呷著蘭姆加可樂的亨利是傷感的。我自己則有些亢奮。

有個先前一起去海灣踏青的美國佬走向我們。他有點蹣跚，他說他得走了。

「我知道，」亨利說，「戰爭等等等等。」

「我欠你多少錢，亨利？」

「你知道你欠我多少。我從不記的。」

「讓我瞧瞧，我想我點了個雞肉抓飯[3]和三到四杯的蘭姆加可樂。」

3 譯註：在西亞、中亞、新疆、北印度的傳統食物，在烏茲別克是國菜。

「很好，」亨利說，「你就付那些錢。」

那人付了。亨利什麼也沒說就收下了。當那人離開後他說，「喝酒從來不是藉口。我不相信有人真的不知道自己在做什麼。他不會再來了。他點了兩份雞肉抓飯、六杯蘭姆加可樂，五瓶汽水和兩瓶威士忌。這就是我所謂的墮落。」

「是墮落，而且我以他為恥。」

「我告訴你，你知道的。」亨利說，「當老皇后過世時——」

「老皇后？」

「我母親。我太崩潰而有些失魂落魄。然後我做了這個小夢。老人家出現在我面前。」

「你的父親赫茲奇亞？」

「不，是神。」他說，「『亨利，讓自己浸淫在愛中，但遠離墮落。』在我跟你說的這個島上，順便告訴你，很漂亮的島，有這麼個漂亮但壞心腸的女人。她替我生了兩三個孩子。你知道怎麼著，她想逼我結婚。」

太陽即將下山。從基地，我們創造的一小塊熱帶，喇叭吹起降旗號。亨利打了個響指，催促我們全都站起，我們站起，敬禮，直到最後。

「我喜歡這些習俗。」他說，「是你們這些小子帶來的一個好習俗。」

「那個漂亮小島上生了兩、三個小孩的女人後來呢？」

亨利說，「我避開墮落。我沒命地逃跑。我散播我已經死了的謠言。我想在某種程度上，我是死了。沒法再回去我那漂亮的小島。哦，比這個漂亮。漂亮，漂亮，但她一直在等我。」

我們聽見街上傳來唱讚美詩的聲音。

「錢，」亨利說，「女孩們，你們的錢都準備好了嗎？」

她們全拿出小小的銅板，我們往外走來到人行道上。一個蓄鬍的高個兒男人，穿著白袍和涼鞋，正領著一班唱讚美詩的隊伍，六名嬌小的黑人女孩，也穿著白袍。全是些悅耳的聖歌。我們安靜地聆聽。

然後留鬍子的男人說，「兄弟姊妹們，在這樣的場合，都習慣說，還有時間悔改。」他像是那種對自己便給的口才很陶醉的人。他的腔調非常英國。「不過，我卻深信，在這種時候，這只是那些欺詐的傳教士所做的樂觀斷言之一，他們更關心的是錢的計數，而非我或許稱之為毀滅將臨的倒數。」他的態度突然轉變。他暫停，閉上雙眼，略微搖擺，高舉雙手，以一種截然不同的聲音大喊：「聖經的話就要應驗。」

亨利的某些女孩齊聲回，「什麼話？」而其他人則說，「哪部分？」

穿白袍的男人說，「說年輕人會墮落，邪惡和暴力會在島上猖獗的部分，那個部分。」

他的小唱詩班開始唱；他四處走地向我們收錢。「完全不針對個人，你瞭解的，完全不個人。我知道你們這些年輕人必須待在這裡保護我們，諸如此類的，但事實就是事實。」

他收了他的錢，送入他袍子上的一個口袋，輕拍幾下口袋；然後他似乎要繼續拍。他輕拍他的每一個小歌手，若非出於豐沛的愛，便是想確定無人私藏她們所收到的任何錢幣。然後，「出發！」他高喊，聲音蓋過她們的歌聲；並且，在她們經過他身旁時，輕拍每個人的肩，然後跟在後頭，走到街角的雜貨店。他的讚美詩集會將在那裡，在生鏽的鐵皮屋簷下繼續。

現在天色暗了。亨利的院子卻出現野餐般的氛圍。許多房裡開始準備餐點；留聲機正在播放。從較遠的院落裡飄來鋼鼓的聲音。夜提供了庇護，院裡的氣氛非常舒適溫馨，簡直像家族聚會。只不過，我還不是這家的人。

一個揹著單肩包的女孩走進來。她和亨利打招呼，他也大動作地回應她的招呼，熱情中卻隱藏著一點保留和一點敬畏。他叫她賽瑪。我仔細打量她。我變成這夥人中的第三者；我緊張起來。

在美女面前我向來緊張；而且在這樣一個環境中，面對一個我無法評估的人，我有些害怕。我不知道亨利地方的規矩，而且顯然，此地是有自己的一套規矩。我沒有經驗，沒有經驗，我說。但話又說回來，自那之後，經驗又帶給我什麼好處？在這樣的一個場合，這樣一個地方，我依然在過份禮貌和過份喧鬧之間擺盪。

賽瑪獨立又冷漠。我想她的冷漠不是來自擁有便是被擁有。就是這種特質，和穿著、舉止、平靜，讓她顯得與院裡的其他人不同。她或許是亨利的女人，代替另一個，那個被拋棄在漂亮小島上的人；或者她屬於某個尚未露面的人。

那非常私密的招呼打完了，亨利替我們彼此做介紹。

「他是個非常健談的人。」他說。

「他是個好聽眾。」我說。

她問亨利，「他聽見牧師說話了嗎？」

我回答，「我聽見了。就是一些佈道。」

「我向來喜歡聽語言流利的人說話。」她說。

「他的確是。」我說。

「你看得出，」她說，「他受過教育。」

「是看得出。」

停頓一會兒。「他賣保險，」她說，「當他不講道時。」

「這聽起來是個很妙的組合。他拿死亡嚇唬我們，然後賣我們保險。」

她沒被逗樂，「我想投保。」

「你還太過年輕。」

「但這時機正好，條件較優惠。我不知道，我就是想。我覺得很好。我在鄉下有位姑媽，她老愛擺闊，因為她有買保險。無論哪時又多買了一些，她都會讓你知道。」

「那麼，你何不自己也買點保險？」

她說，「我很窮。」

而且她說這三個字的口吻，像是在替我們的談話劃下句號。我討厭貧窮和謙卑。我認為貧窮是個應該完全被隱匿起來的東西。賽瑪說到貧窮時，彷彿那是個既不讓她覺得驕傲，也不覺得羞愧的事；那只是種狀態，很快就會改變。所有的關係裡都會發生這類的小事，早期平順交往中具警告性的小小摩擦，我們總選擇忽略。我們總是自我欺騙；我們不能說自己沒受警告。

「要是你有很多錢你要做什麼？」

「我會買許多東西。」想了一下後她說，「許多漂亮的時髦東西。」

「哪種東西？」

「三件一組的沙發，襯墊厚軟的那種。你可以整個人陷入其中。我會買一條漂亮的床罩，緞面，厚的那種，上頭還有粗線縫的十字花紋。我看見諾瑪．希拉在《大逃亡》裡用過。」

「怪了，那整部電影我也只記得這個。你認為她當時在那床上做什麼？但她那條是鴨絨的，在世界這一頭的你不需要鴨絨。太暖了。」

「好吧，隨便你怎麼說，我就是想要那個。還有鞋子，我要買很多鞋子。你做過惡夢嗎？」

「經常。」

「你知道我的惡夢是怎樣？」

「說說看。」

「我在城裡，你知道的，沿著攝政街往前走。所有人都瞪著我看，而且我感到：這回很不同——我不覺得尷尬。卻感覺自己像是個選美皇后，然後我在一個商店櫥窗裡看見自己。我光著腳。我總是在這時醒來，雙腳懸在床外。」

我還是緊張。對話似乎總是從我覺得應該帶往的方向岔離，雖然老實說，我早對那念頭失去興趣。不過我們還是得照顧一下自己血氣方剛的身軀。

我說，「你從城裡來的嗎？」

「我從鄉下來的。」

問題，答案，句號。我又試了一次。亨利在我們附近，手裡拿著個瓶子。

我說，「什麼原因讓你這樣的一個女孩到這種地方來？」而且，說真的，幾乎在我脫口說出之前我就感到羞愧了。

「這就是我所說的墮落的問題。」亨利說。

同時賽瑪甩了我一巴掌。

「你覺得那是個好問題嗎？」亨利說，「我覺得那是一個惡毒的問題。我覺得那很淫穢。」他隔著敞開的門口，指向掛在裡面其中一個小房間上的小牌子：**可以淫穢，但不要被**

聽見。4「那不是該從我們嘴中吐出的話。」

「我很抱歉。」

「我擔心的不是自己，」他說，「我擔心賽瑪。我不知道，但那女孩總會把人墮落的一面給帶出來。她把對街布雷克懷特的墮落面帶出來。雖然什麼也沒說，但我可以從他的眼中看出：他想把她導入正途。而且你知道那是哪種導入正途嗎？導入正途的意思：別人不准靠近，只屬於我。她也帶出牧師的墮落面。他不想把她導入正途。他只想佔有。瞧，法蘭基，一種人走了，又來了一種人。你要知道，賽瑪是個受過教育的女孩。她有劍橋的初中文憑。學過拉丁文、法文和幾何學，所有那類的東西。她確實在一個大商店裡上班。你知道的，不是那些敍利亞人開的小店舖。她不時會來這裡，你也來這裡，這就是生活。讓我們把墮落留在外頭，讓我們把墮落留在外頭。這些女孩中，許多人都在店裡工作。任何時候我缺一件襯衫，我只要到這些店轉轉，這些女孩就會把襯衫給我。我們必須互助。」

我說，「你一定有很多襯衫。」

「是啊，我有很多襯衫。聽好，讓我慢慢告訴你。賽瑪和你在這兒看見的其他一兩個，我們稱做「娃賓」。」

「娃賓？」

「我們這裡的一種淡水魚。有點隨便。一點。不是和每一個人。你懂嗎？娃賓不是鶯鶯燕燕。」

「鶯鶯燕燕？」

「鶯鶯燕燕就是——別逼我說淫穢的話，夥計，法蘭克。鶯鶯燕燕就是你看見的這些。」他手朝院子四處揮揮。

鋼鼓聲離得更近了些，然後從後面鐵皮圍籬上的一扇門裡湧入一大堆音樂家。他們的樂器是用舊垃圾桶做的，在這些樂器上，他們敲打出一種我從未聽過的粗獷音樂。

「你知道的，他們必須躲起來，」亨利告訴我，「那是違法的，戰爭之類的。必須全體動員支持前線。」

後頭有個小棚子，上面掛著塊黑板。我注意到那面黑板，好奇那是什麼。有兩三個人開始在這棚裡起舞。他們吸引了圍觀的群眾；他們把觀眾也拉進去跳。從亨利土地上的房間內，從其他後院的房間內，從後頭陰溝上的小徑，人們陸陸續續聚攏過來觀看。每個舞者都是單獨的。每個舞者都沉浸在個人的狂熱中。觀眾中的婦女折下木槿樹籬上的細枝，並且彷彿是在祝福和打賞般地，不時用翠綠的樹葉，抽打著舞者滿布灰塵的雙足。

4 譯註：原句為Be obscene but not heard，改自維多利亞時代管教孩子的諺語，children should be seen but not heard。類似台語「囡仔有耳無嘴」之意。

亨利把他的手臂搭在我肩上，把我引到賽瑪站著的地方。他的一隻手繼續搭在我肩上；並把另一隻手搭上她的肩。我們一起安靜地站著觀看。他的手療癒了我們，結合了我們。

口哨聲響起。有人大喊「警察！」然後院落瞬間變樣。垃圾桶這裡那裡地豎著；酒瓶消失，放進其中一些垃圾桶中；舞者和群眾在棚子下一排排地整齊坐好，一個男人站在黑板前，正在書寫。亨利的許多女孩都戴上眼鏡。一兩個還拿出刺繡來做。

在我看來，警察似乎過了好半晌才走進來。等他們進來時，督察邊握著亨利的手邊說，「成人教育班，對嗎？」

「正如你所見，」亨利說，「一個教一個。」

當督察把手從亨利手中收回時，五指收攏，他開始閒聊。「我不知道，夥計，」他說，「我們非這麼做不可。老布雷克懷特盯你盯得很緊。還有蘭伯特太太，她也投訴你了。」

＊

假如那頭一晚，在我寬衣解帶，和賽瑪躺在一起之後，我沒看見我的衣服在窗外跳舞，我懷疑，自己是否還會和賽瑪和其他人等牽扯在一起。衣服在跳舞；那模樣就彷彿它們是活的。

我大聲喊賽瑪。

她似乎毫不驚訝。她說，「我想他們今晚在釣魚。」

「釣魚？」我跑到窗邊追我不見的衣服。

「是啊，你知道的，隔著窗戶釣。這裡鉤起一件襯衫，那裡一條褲子。追他們也沒用。你知道的，嘉年華快到了，大家都想要有漂亮的裝扮。」

她說得沒錯。早上我醒來，想起除了短褲和背心外，我無衣可穿。我用力推開後窗，看見一個赤裸的美國人探出窗外。我們看著彼此，沒有交換隻字片語。夜已消逝；現在是早上。男孩女孩們正要去布雷克懷特學校上學，某些停步檢視扔在水溝裡的避孕用品。我看見賽瑪時她也已穿戴整齊。她說她要去上班了。看來亨利說他有些小姐在商家工作果然不假。亨利親自替我拿了杯咖啡來。

「你可以拿一件我的襯衫，我只要再去轉轉跟她們要一件就好，你知道的。」

亨利院裡的早上和晚上很不同。隨處可見一種低抑的平常日喧囂。一個高瘦的男人在正在做暖身運動。他穿著件背心和一條短褲，並且不時把一個小玻璃瓶裡的油倒出來，抹在自己身上。

「加拿大萬靈油，」亨利說，「我愛給他一些鼓勵。你知道的，馬諾是個健走選手。但有點太沒耐性，他總是在最後用跑的，因而失去比賽資格。」

「真是太糟了，」我說，「那我的衣服怎麼辦？」

「你得學會忍耐。這是你在這島上必須學會的一件事。」

馬諾蹲下並且躍起。他周圍，婦女在後面的門階上搧煤爐，她們在準備早餐。到處都是綠草地，比我記憶中的多。在水溝小徑那頭，我可以看見同樣草木叢生的後院，屬於別條街上的房子，而且在某些這些院子裡，我看見卡其制服和白色水手制服，正軟綿綿地掛在曬衣繩上。

亨利跟隨我的視線看去，「法蘭克，嘉年華要來了，而你的人擁有全世界。某些人以這種方式合作，某些人以別種方式。」

這種時候，我可不想聽亨利講他的哲學。我就那樣往外跑到人行道上。就街上的標準看來，我背心和短褲的穿著其實不太糟。隔壁一個老黑人坐在門口曬太陽，門後看起來像是個生意走下坡的二手書店。他穿著很緊的卡其上衣和褲子。敞開的門內側，掛著個裝飾花俏的牌子——W·蘭伯特先生，書籍裝訂商——於是我明白過來。昨天由於前門關著，我以為這是間裝有百葉窗的體面民宅，現在門打開了，才發現是家店舖。蘭伯特先生旁邊——我想假設他是蘭伯特先生應該不會有錯——放著一小杯蘭姆酒。當我經過時，他對著陽光舉起酒杯，瞇眼斜睨著它，向我點點頭並說，「早安，我們的老美朋友，願上帝祝福你。」接著一口喝光那杯蘭姆酒，而且臉上的喜樂表情，被一種全然的痛苦所取代，彷彿蘭姆酒和晨間問候也是那惱人的日常補贖的一部分。

「早安。」

「假如不失禮的話，我的好先生，可以告訴我，你為何沒穿衣服嗎？」

「我沒有衣服可穿。」

「說得好，我要說。我們光溜溜地來，光溜溜地走。」

這挺有意思的，而且值得細究，然而就在那時，在路的那頭，我瞧見吉普車。我不知道弄丟制服，並且衣衫不整地出現在公共場所會受到什麼樣的懲罰。所以我又掉頭，經過蘭伯特先生。他看起來有些吃驚，就像某個看見異象的人。我跑進亨利院裡的一側，從後面的階梯走進前面的屋子。同時，健走選手馬諾，卻開始快步從屋子的另一側出來，走到大街上。

我聽見吉普車上的某個人說，「你有沒有覺得，他進去時是白的，出來卻成了黑的？」

隔壁一個房間裡的窗戶打開了，一個美國人的聲音喊道，「你早上有看見一個沒穿衣的白人跑過去嗎？就在幾分鐘之前？」

一個女人的聲音回道，「聽著，先生，早上是我的休息時間，我最不想在早上看見的東西就是老二。」

靜默了一會兒，岸上巡邏隊[5]便開走了。

我還有衣服的問題。亨利提議拿他的幾件借我。完全不合身。「那麼，」他說，「你可以

5 譯註：隸屬於美國海岸警衛隊，是美國七個軍警部門之一，負責維持軍紀。

去賽瑪的店裡轉轉，弄件襯衫，來，我給你地址。」

街上傳來腳踏車的鈴聲。是穿著制服的郵差。

「亨利，亨利，」他說，「瞧我今天帶了什麼來。」

他走進來，拿出一個包裹。那是給布雷克懷特先生的，由美國一家出版社寄來。

「又退回來了，又退回一個。」

「哦，我的天！」亨利說，「我又要安慰布雷克懷特了，這回寫什麼？」

「平常的東西，」郵差說，「愛情。我好生讀了一些。事實上，有些部分挺好笑。」他抽出原稿，「你想聽嗎？」

亨利看著我。

「迫不亟待。」我說。

「那舒服地坐好。」郵差說。他開始朗讀：「『德蕾莎・菲利普小姐是全什羅浦郡最受青睞的小姐。美麗，加之是女繼承人，聰明，精通古典文學，辯才無礙，嫻熟女紅，總之，資質極高，唯獨一個缺點，過於驕傲。她蔑視所有追求她的人。她讓心灰意冷的情人遠走義大利，遠走遙遠的殖民地，在異地他鄉任強烈的孤寂磨蝕而日顯憔悴。不過復仇女神即將降臨。在該地最高貴的領主，塞文恩爵爺所舉辦的一場舞會上，德蕾莎遇見了亞歷斯泰爾・格蘭特爵爺。他很高大，肩膀寬厚又英俊，一雙憂鬱的眼睛訴說著最深邃的痛苦；事實上，他是一名孤兒。』」

「天哪！這就是他一直在寫的東西嗎？」

「一直，」亨利說，「全是些爵爺、小姐的。整天瘋子似地打字。尤其是星期天，你可以聽見機器一直在響。」

前門打開，現在布雷克懷特先生的聲音從門那頭傳過來。「亨利，我今早全看見了，而且剛剛蘭伯特太太也來找我。我應該打一封信寄到報社。我就是無法容忍有沒穿衣服的男人在我街上跑。」他看見郵差，看見郵差手中的原稿。他的臉垮下來。他飛快爬上水泥階梯，進入房內，一把搶去原稿。「艾伯特，我先前就告訴過你。你必須停止拿陛下的信胡搞。你將來就是為了這種事掉腦袋的。」

「老傢伙，他們又寄回來了，」亨利說，「要我說，布雷克懷特，我想就只是出於偏見。昭然若揭。我非常非常安靜地坐下來聽艾伯特唸的內容，發現還真的很不錯，真的很不錯。」

布雷克懷特軟化了，「你真這麼認為，亨利？」

「是啊，夥計。真的很好。我等不及要聽聽德蕾莎・菲利普接下來的遭遇了。」

「才不，你說謊。你在撒謊。」

「最後到底怎樣了，布雷克懷特先生？」我拍死我腿上的一隻螞蟻。

「你給我閉上你的嘴，抓你的癢就好，」他對我說，「我討厭你。我甚至不相信你識字？你認為黑人都不會寫字對嗎？」

郵差艾伯特說，「這真的是個很不錯的故事，布雷克懷特。而且兄弟，我敢預言，有一天，所有現在把你的書退回來的這些白人都會跑來這裡，求你替他們寫。」

「讓他們來求，讓他們來求。等他們求時，我才不替他們寫。哦，我的天，虧我傷透腦筋，辛苦打字，我一行都不要再寫了，該死的一行都不寫。」他又再次失控，「我也討厭你，亨利。我要讓這地方關門大吉，就算馬上要死，我也會做完這事才死。」

亨利雙手舉起做投降狀。

「去死吧你，」布雷克懷特說，「去死吧，德蕾莎．菲利普小姐。」然後他指著我說，「你不喜歡我。」然後指著亨利，「你也不喜歡我。亨利，我不懂一個人怎能像你這樣變得厲害。你曾經滿嘴的尼亞賓西[6]，白人去死的。而現在的你，都可以裹著星條旗，上街遊行了。」

「尼亞賓西？」我問。

「那是在義大利和阿比西尼亞[7]打仗的時期，」亨利說，「老皇后剛去世，白人去死。兩千萬人的示威遊行。你知道我們黑人的。大反撲。兩千萬人的遊行。而每當你回頭看時，身後都沒有任何人，只你自己。不過星條旗，」他又說，「嗨，布雷克懷特，我想你這倒是個不錯的點子，一個關於嘉年華的好點子。我想裝扮成山姆大叔，基地有星條旗這樣的東西嗎？先生？」

「哦，他不就是其中一人嗎？」布雷克懷特說，「我們的美國商人之一。」

「我想我可以替你弄到一面星條旗。」我說。

布雷克懷特緘默了。我看得出他很好奇。再開口時，他口氣裡的攻擊性不十分具說服力，「我想你們的人有世界上最大的打字機，就像你們有別的最大的東西一樣。」

「現在還是早上，不適合講淫穢的話。」亨利說。

「不是我吹牛，」我說，「但我一直對寫作和作家很有興趣。告訴我，布雷克懷特先生，你是有固定的寫作習慣還是有靈感才寫？」

這問題取悅了他，他說，「兩者都有，兩者都有。」

「你完全用手寫，或者用打字的？」

---

6 譯註：Niya Binghi，又拼成Nyabinghi，一詞源自東非語，是一個傳說中領導非洲人抵抗入侵者的女王名，在當時，此女王就曾附身在女戰士身上，引領軍隊作戰。據說在二十世紀初期，該女王又曾附身於一女子Muhumuza，領導反抗歐洲人入侵剛果、烏干達、盧安達境內的運動。有關Nyabinghi的事蹟甚至傳到牙買加，成為非洲人抵抗殖民主義的精神象徵。根據當時的報導文件指出，曾有一祕密的泛非洲組織，即稱為Nyabinghi，並以白人去死為宗旨，後演變成白人壓迫者去死，與黑人和白人壓迫者去死。此系列運動均屬所謂的拉斯塔法里運動的分支，他們相信衣索比亞皇帝海爾．賽拉西一世是彌賽亞再臨。該運動思想並深刻影響了雷鬼樂，Nyabinghi還發展成一種配合擊鼓的舞蹈，拉斯塔法里擁戴者相信藉由這種舞蹈和鼓聲——神說話的聲音——可以召喚出殺死特定壓迫者的力量。

7 譯註：現稱衣索比亞。

「用打字機打。但別想收買我，記住。我是不會被收買的。但假如這位沒穿衣的先生，對我們本土的習俗和地方節慶感興趣，我倒是隨時洗耳恭聽。」他的態度變了，「夥計，告訴我，你們有那種介紹制服款式的小冊子嗎？我不想在嘉年華時穿和大家一樣的制服，你知道的。」

「有些制服會很貴。」我說。

「錢錢錢，」布雷克懷特說，「總會扯到錢。但我當然會付。」

*

事情就是這樣開始的；我就是如此開始成為一個海軍物資的供應商。首先是亨利先生和布雷克懷特先生，然後是街坊。我帶來制服；一手交錢一手交貨。我帶來鋼鼓；一手交錢一手交貨。我帶來成箱的香菸和口香糖；一手交錢一手交貨。我帶來兩台安德伍德標準型的機械式打字機。一手交貨一手沒有交錢。

布雷克懷特說，「法蘭基，我想藝術應該是無價的。」

雖然不是。布雷克懷特家的板子上又多了一行字：

兼授打字課

「兼授打字課嗎？布雷克懷特？」

「兼授打字課。黑人不打字吧？」

這已經變成笑話。我們在他的房裡，他的牆上掛著彩色的畫作，描繪英國鄉間的春天景致。有很多這樣的畫，但不如他本人的照片多，他的照片是黑白的，烏賊墨黑的黑，一種粗糙的顏色。他在邱吉爾和羅斯福的照片間，擺上一幀特大的本人照，讓前二者的相對顯小。

「布雷克懷特，你知道嗎？」我說，「問題在於你一點都不黑。」

「你什麼意思。」

「你白得要命。」

「天哪，我不想被一個在海邊撿破爛的人侮辱。」

「海邊撿破爛的人。真是太好了。但你不只白。你還很英國。所有那些爵爺小姐的，布雷克懷特，所有珍・奧斯汀那套。」

「那樣有什麼不對？我為何要摒棄這世上的任何一面？」

「廢話。我只是在想，你是否可以開始寫些這島上的事。寫像賽瑪、馬諾、亨利和其他的人的故事。」

「你認為他們會想讀有關這些人的故事嗎？你知道的，這些人並不存在。對你來說，這只是個插曲，法蘭基。這是你的小格林威治村。我知道。我看得出來。屁股屁股。尋歡作樂。之後你會離開我們回去。這個地方，我告訴你，就成了哪兒都不是，根本不存在。人們只是在這裡出生，他們全想離開。而對你，這只是個假期。我不想成為你格林威治村裡的任何一部分。你這個海邊撿破爛的，你只是在買認同。有錢有勢的人總是躲在愛情，和『我就像你一樣』的說辭後。我聽過你在亨利的院子裡和別人講起美國；講那些有寬大銀幕的大電影院，還有和房子一樣大的冰箱，以及每個人都能成為電影明星和總統。而且你們該死的怕透那一切，老準備灌蘭姆酒，老在尋找漂亮單純的土著，給你們慰藉。」

的確如此。我們把經驗轉化成故事，替無聊人生平添戲劇性，好維持我們的自尊。但我們從來看不見自己；只偶爾從扭曲的反影上窺見。他是對的。我在買認同，我在買交情。而且我知道，比他說的還清楚，我在街上地位的虛幻。

他指著牆上的邱吉爾，「你認為要是他生在這兒，會變成什麼樣的人？」

「頭保持那樣別動，布雷克懷特。沒錯，十足的邱吉爾樣。」

「好笑。你認為我們今天還會聽說他嗎？他會在銀行工作。他會出任公職。他會進口縫紉機和出口可可。」

我端詳那照片。

「你喜歡這條街。你喜歡那些在後院敲打鍋子的男孩。你喜歡無處可去的賽瑪，可憐的小娃賓。了不起的事，了不起的愛情。但她只是一個娃賓，而你會回去。你們倆誰也騙不了對方。你喜歡蘭伯特先生早上坐在門階上，喝他那杯蘭姆酒，裝訂幾本分類帳。那是因為蘭伯特先生也只能在早上喝一杯蘭姆酒，裝訂幾本分類帳。你喜歡看馬諾為他永遠也不會舉行的健走比賽做練習。你看著這些事，並且說，『多好，多奇特有趣。生命就該像這樣。』你沒看見我們在這裡已經全瘋了，而且我們越來越瘋，把日子過成嘉年華。」

然後嘉年華到了。

那年准許在嚴厲的警察監督下舉行。亨利店附近院子裡的男人穿上我供應的制服，組成他們的樂隊，穿過大街小巷地遊行。亨利是山姆大叔；賽瑪是狄奧多拉皇后；其他的女孩是女奴和小妾。還有在太平洋環礁上的海軍陸戰隊、步兵和空軍飛行員；在一輛我提供的吉普車上，布雷克懷特一動不動地站著，穿著飾帶誇張地多的制服。他戴著深色太陽眼鏡，叼著玉米煙斗，左手高舉，像在降福般地向眾人致意。他沒有跳舞。也沒有隨音樂搖擺，他是麥克阿瑟，正承諾著會回來。

星期二傍晚，當街上擠滿大人物——拿破崙、凱撒、獅心王理查一世：人們全神貫注地在遊行——布雷克懷特也離開家門出發，穿得像莎士比亞。

*

賽瑪和我發展出僅偶有風雨的穩定關係。那天早上，我聽取亨利先生的建議，去她工作的地方轉轉。她沒和我打招呼。我粗製濫造的衣服，真是亨利的，惹來許多批評的目光，和許多對美國人行為的嚴厲疵議。她後來才和我打招呼：她很高興我在冷靜清醒如春宵翌晨般的時候去見她。

如我所說，亨利的店似乎有它獨特的一套規矩。那是一個俱樂部，一個碰面的地方，一個避風港，一個幽會的地方。那裡吸引各種各樣的人。賽瑪屬於關係一段接一段，男人一個換一個的那種島上女孩。她恐懼婚姻，因為對於島上的尋常女孩來說，婚姻充斥著危險和快速貶值。她覺得一旦完全臣服於任何一個男人，她就無法再掌控他，而且她的美貌也將變得無用，白白糟蹋了天賦。

她說，「有時候走在路上，看著這些瓦拉胡人[8]，我會想起對某些地方的某個小女孩來說，這個動物就是王，就是主人。他。他不喜歡玉米片，他不喜歡蘭姆酒，他這，他那。」

她在店裡的工作和亨利店裡的保護讓她能夠獨立。她不希望失去這些；她從來不被迷得神魂顛倒。有太多她認識的女孩，破壞她們的行規，真嫁給尋芳客；然後過著可怕的生活，失去她們曾經擁有的自由和尊嚴，免於辛苦的自由，而這些本都是婚姻所該帶來的。這些故事，她可以信手拈來，如數家珍。

於是在某些協議下，我們穩定交往。

「記住，」她說，「你是自由的，我也是自由的。我可以完全自由地做我想做的事，你也一樣。」

沒安全感的一方永遠是我。這不是個容易做到的協議。我知道這種自由意味著她隨時可以接受布雷克懷特，候補的害羞感化者，或者我們喊牧師的穿白袍的傳教士。他們倆都繼續明顯地對她流露好感。

不過一開始，當我們在這條街上一間較小的百葉窗屋裡安頓下來之後——在那年頭，一千五百元是可以買到一間房子的——反對我們的不是這些人。不，反對並非來自於這些人，而是來自蘭伯特太太，亦即亨利的鄰居，那位總穿著卡其制服，早晨坐在門口啜飲一杯蘭姆酒，並且表達開心或痛苦都要押韻的男人的老婆。

現在反倒是蘭伯特太太出人意表。我之前就在街上見過她一段時日了，只是沒把她和蘭伯特先生聯想在一起。蘭伯特先生是黑人，蘭伯特太太是白人。她五十歲上下，而且舉措、習性與這街上的人如出一轍。之所以招致她的敵意，在某種程度上，是我自己的錯。我讓蘭伯特一家有了發財的機會，並且讓他們——在人生的時程上，太遲了些——有了要維繫的身分與面子。

8 譯註：在前哥倫布時期，來到千里達的美洲印地安人部落。

街上繁榮起來，讓蘭伯特先生很興奮。這話是馬禾說的，他在街角開雜貨店。馬禾更動店面，做了些擴建，規劃出咖啡店的空間。從基地來的許多人，和許多本地人都坐在店裡的高腳凳上大啖熱狗，暢飲可口可樂，而附近幾條街上的小孩也都聚集在這裡，等著被請客。

「瞎扯一下，」馬禾說，因為他很愛講話，「我會說，繁榮了。」「瞎扯一下」和「繁榮」是唯一真正清楚的兩個詞。他說每句話都以「瞎扯一下」開頭；而後面的話就很難聽得懂。然而他總是和某些被他逮到的客人閒聊。

他雜貨店的牆上掛著蔣介石和蔣夫人的照片。牆上還掛著有彩畫的月曆，都過期好幾年；用色精緻的中國美女，或慵懶或忸怩，背景是井然有序的山石和人工栽培的花草，別緻的鳥雀，和如油般傾瀉的瀑布：與店內滿是缺口凹痕的油膩櫃臺、開口敞開的麵粉袋、卡其色的糖袋、開口無蓋的紅色液體奶油鐵罐扞格不入。這些彩畫像是對另一世界的渴望；而且確實，馬禾也不打算在島上終老。當你和他攀談時問他，尤其是你差幾個零錢，想賒點小帳時問他，「你還想回去嗎？」回答總是：「瞎扯一下，我說，不出兩到四年。」

他的孩子們很特別，與街坊的人過著不一樣的生活：一群兩兩成列的整齊小隊伍，每個小孩都揹著乾淨的書包，乾淨的鉛筆盒，早上安安靜靜地去上學，下午同樣安靜地返家，彷彿一整天都沒被任何東西或人碰過，或者被弄髒。早上，他店裡的後門會打開，吐出這些小孩；到下午，後門又會打開，重新把他們吞進去；除此之外，沒再聽見他們的聲音、見過他們的影。

繁榮影響了馬禾，也影響了蘭伯特太太。一天傍晚，蘭伯特先生穿著他的卡其服，非常正式地登門造訪，並向我做了個提議。

「我不想見你惹麻煩，」他說，「蘭伯特太太和我已經就此討論過，我們覺得你正在冒不必要的險，把這些──我該怎麼形容？這些補給品帶給我們這個窮島上需要的人。」

我說，「到目前為止，一切都很順利。你應該看看我們丟掉的那些東西。」

「等等，別誤會，」他說，「我不是在怪你做的事。但蘭伯特太太尤其擔心那些卡車。她覺得讓它們載著這些補給品出來，然後又回去，等於得接受兩次盤查。」

「我懂你的意思。謝謝，蘭伯特先生。你的意思是，蘭伯特太太認為卡車溜出基地後，或許就不要回去了？」

「蘭伯特太太覺得那樣可能比較安全。蘭伯特太太有個親戚，對卡車和汽車的大小事都很在行。」

我當時沒答腔，在思考可行性。

蘭伯特先生換了張臉。變得熟悉起來。這街上的每個人都有兩副臉孔，一副極為正經八百，一副愛打趣又吊兒郎當。

「聽著，」蘭伯特先生說，「卡車開回基地，他們會做一系列的盤問。但如果待在外頭不回去，十之八九他們就完全忘了它。你們的人要管的事太多，整個世界都歸你們管。」

因此，有一天一輛卡車開進了蘭伯特先生的院子；然後過了大約兩星期，又開走，幾乎沒人認得出來。

「租借法案[9]協議租借」，蘭伯特先生十足欣喜地說，「大勢所趨，我的朋友。」

蘭伯特家租給基地承包商的就是這輛卡車。承包商提供一名司機，而且願意——事實上是巴不得——這卡車一天出兩趟車。

「我們一天賺二十塊，」蘭伯特先生說，「我的朋友，多好的運氣！就這麼一輛簡單的卡車，你給了我們多好的運氣！」

不消說，這好運我也有份。

然而這整段期間，蘭伯特太太都躲在幕後，未曾現身。她是窗簾後的一個身影；她是快步走過街坊的人；她從不和任何人交談。她從不融入這條街的生活。

「你瞧見了嗎？」亨利說，「你把一個人的老年給毀了。她一副那卡車是她家買的一樣。我不覺得這會有好下場。」

扣掉佣金和油錢，一天二十塊。錢越積越多；然後有一天我們看見一大票工人繞著蘭伯特家的房子，像一群螞蟻圍著一隻死蟑螂。街坊都湧來觀看。那間木造小屋，被工人們從它的墩座上舉起。當屋子被抬到後面的空地時，掛有「W·蘭伯特先生，書籍裝訂工」牌子的前門被甩開，而且不停拍動著。屋子被平放在地上，而非放在墩座上。工人們喝著一杯又一杯的蘭姆酒慶祝。舉街歡呼。然後我們看見蘭伯特先生撥開群眾走進來。他像是某個等著聽死訊的人。他看見那些墩座；他看見他的房子在地上；他說，「我的房子！我的房子變矮了，但我不想住平房。瞧老墩座還留在那兒，在光禿禿的土地中央。」他離開去馬禾店。他喝得爛醉；他對每個人吟詩。他逐漸養成這習慣。在我們看來，他似乎到死都沒再清醒過。

亨利說，「很久很久以前——而且現在聽起來真的像是童話故事——很久很久以前，蘭伯特太太是個非常窮的女孩。從科西嘉來的一家人。住在長滿高大永久花樹的可可谷裡。那段日子很艱辛。你甚至連可可都送不出去。而蘭伯特在公家機關有份工作。郵差。穿制服，固定領薪，老了還有退休金，而且沒人會開除你。他們在山丘上，在開滿紅色永久花的灌木叢裡舉行婚禮。哦，快樂！很久很久以前的童話故事。咆哮山莊。騎著巫婆掃把在林子裡飛的韓賽爾和葛麗塔。然後凡塵俗世多少追上了他們。」

墩座被敲掉了，原本豎著老木造房的地方打算砌起一幢有花樣的混凝土磚房。我可以看得出，那房子會像城裡上百間的其他房子一樣：三間臥室在一頭，一個簷廊、客廳、餐廳在另一頭，還帶一個後簷廊。

9 譯註：指美國在二戰初期，雖不捲入戰爭，卻提供同盟國戰爭物資的法案。

早上蘭伯特先生再也沒有門階可坐，可以邊喝著他那杯蘭姆酒邊向我們打招呼。老木造屋賣掉了，當材料賣；買主把房子一個窗框一個窗框，一個百葉窗一個百葉窗地拆解下來，打算在偏遠鄉下的某個地方重新搭建起。然後早上再也看不見蘭伯特先生。他早早就離開院子。穿著他的卡其衣，像個工人般地匆匆出門一整天。我們常看見他和馬諾走在一起。馬諾，亨利院裡的健走選手，早上健走練習完畢後，會穿上他郵差的卡其制服，走到他工作的市府辦公室。他們的服裝很相像，但他們是很不相稱的一對，馬諾精瘦、運動員體格，而蘭伯特先生就連在大清早也都醉得步履搖晃。

蘭伯特先生有個副業。每逢舉行運動會、賽跑、板球賽和足球賽時，他會擺個小攤，賣一些自己做的劣質果汁。這些場合他就不會戴上他的軟木遮陽帽，而是以一條手帕繞著腦袋打個結。他會邊搖鈴邊唱他編的叫賣歌，通常都只是些胡說八道：「街坊！街坊！你在哪兒？我在這兒！咚咚里咚鏘。」有時候他會指著看起來有毒的桶子，裡頭紅色的液體上漂浮著冰塊，唱道：「走進來！跳進來！跑進來！彈進來！單腳蹦進來，噗通掉進來！偷偷爬進來！」

這是蘭伯特先生較開心的時光。如今，在他的房子被拆了之後，他似乎也放棄他的擺攤事業。但他變得和馬諾很有交情，而這段友誼致使他宣布他要去運動會看馬諾比賽。

亨利說，「蘭伯特太太不喜歡那樣。她覺得這個老黑人頭上綁條手帕，到處蹦跳地搖鈴叫賣是種不入流的行為，尤其現在她又在蓋新房。而且她說，假如他再敢去搖鈴，她就跟他玩完了。她絕不讓他踏足新家。」

因此，我們既擔心蘭伯特先生，也擔心馬諾。我們常在下午去大公園，在馬諾健走時，繞著他騎腳踏車，好幫助他克服自己的不耐煩，以免他又在競走比賽時用跑的而失去比賽資格。

亨利說，「法蘭基，我覺得你對馬諾過分認真，你應該小心。你看見蘭伯特太太的例子了。你知道的，我不認為人們真想做他們聲稱他們想做的事。我覺得我們總是因為幫助人得到他們想得到的東西，而替他們惹來一堆麻煩。某些人看著黑人，就只看見黑。你看著窮人就只看見窮。你覺得他們唯一想要的是錢。你們全錯了，你知道嗎？」

有一天，當我們一個跟在一個後頭地從公園回來，馬諾在我們身旁快步往前衝，一行人越過馬禾家小朋友的小隊伍，然後驚恐地發現蘭伯特先生癱躺在人行道上，像個死人。他沒死；真教人鬆口氣。他只是醉了，醉得非常嚴重。賽瑪跑去找蘭伯特太太，帶回冷酷的口信：「蘭伯特太太說，我們不要再浪費我們的心神，為遊手好閒的廢物擔心。」

亨利說，「我們對蘭伯特這麼友善對他一點好處都沒有。我敢說，蘭伯特太太對我們所有人都有敵意，肯定有敵意。」

此刻蘭伯特先生已經稍微清醒，並且說，「他們說我是黑人，但我不是。我跟你說，好心的先生們，我是蘇格蘭人。」

亨利說，「你知道的，這沒那麼好笑，他的祖父是個大地主，一個大人物。在打仗前的好幾年，我們甚至聽說一個謠言，說根據我們可笑的繼承法，蘭伯特先生是某個蘇格蘭宗族的法定族長。」

房子蓋起來了。運動會的日子也來臨。馬諾緊張得要命。隨著時間越來越接近，他的驚懼甚至開始表現在臉上。這真教人費解，因為我一直以為他十分孤僻內向，對成功、失敗或鼓勵等都很淡然。

亨利說，「你知道的，馬諾從來不看報紙，昨天在路上，某個瘋狂的念頭竟讓他拿起晚報，翻到星座運勢讀道：『你將有狂喜的一天。』」

「那很好啊。」我說。

「這讓他害怕。報紙怎會用這麼可笑的該死字眼。這讓馬諾想起上帝，和天國的老鑰匙。」

當我們出發去運動場時，馬諾非常害怕。沒在街上看見蘭伯特先生的人影，我們覺得到頭來，他還是被蘭伯特太太嚇跑了，為保面子，他得離開一段時間。但在運動場上，在運動會開始之後，馬諾開始健走——真是好長的一段路，你得想像路不斷不斷地延伸，同時場上還有許多其他的項目在進行，每個比賽項目彼此無關，創造出一種各激動各，完全無意義的混亂氛圍——就在馬諾好好地在他的跑道上走著時，我們聽見鈴聲響起。聽在我們耳裡，這鈴聲猶如喪鐘。

「馬諾今天不會跑。馬諾今天會一路走向天堂。」

狂喜不單出現在蘭伯特先生的臉上，還出現在他的鈴聲和話語中。也出現在他的服裝上。

「外邦人的血濺灑在我身上，我說出我的遺言，我穿上我的蘇格蘭裙。」接著又唱起他過去那些自編的老歌。

而且馬諾沒有跑。他走到最後並且贏了。蘭伯特先生大搖他的鈴，並且頌唱道：「馬諾今天不會跑。今天他要走進他主的懷抱。」

我們曾經為了馬諾的勝利努力，如今得勝，一切卻顯得不太尋常。他本人就像個嚇壞的人。他拒絕眾人向他道賀。我們也沒恭喜他。我們四下找尋蘭伯特先生，卻不見蹤影。於是我們走回家，對於既定和正確的一切，感到雙重且深度的不安。我們有個派對。結果鬧過頭，派對有些走樣。我們沒注意到馬諾何時離開了。

當晚夜深時，我們發現蘭伯特先生醉倒，四腳朝天躺在人行道上。

他說，「我把她從貧民窟裡弄出來。我給她麵包，我給她奶油。這就是她對我的回報。白人就是白人，黑人就是黑人。」

我們帶他回他家。亨利進去見蘭伯特太太。沒有用。她拒絕讓他進門。她拒絕出來見他。

「到了自己家門口卻進不去。來吧，朋友們，全到我的墳上來跳舞。」

＊

隔天我們舉行了雙人葬禮。馬諾做了這島上太多其他人做過的事。他跑去游泳，游進湛藍水波的深處裡，深到再也回不來。

「你知道的，」當我們走去公墓時，亨利說，「馬諾的問題就在於他從來沒有勇氣。他不想成為健走選手。實際上他想成為一個賽跑健將。但他沒有勇氣。所以當他贏得健走比賽，他就跑去溺死自己。」

郵差艾伯特也在我們的送葬隊伍之中，他說，「新消息，法蘭基，他們把另一本布雷克懷特的書給寄回來了。」

布雷克懷特聽見了。他對我說，「都是你的錯。是你讓我開始寫這所有的事。哦，我覺得真丟臉。誰會想讀這地方的事？」

我說，「你曾經是全白的，但那不是真的。現在你試圖全黑，那也不是事實。你其實是灰色調的，布雷克懷特。」

「套句你們的說法，耶，我萬歲！這是個鳥不生蛋的地方，每個來這裡的人都會死。不過我不像馬諾，你弄不死我。」

「布雷克懷特，你這個老處男，我愛你。」

「處男？你怎麼知道？」

「我們物以類聚。」

「法蘭基，你為何喝酒？那不過是對糖的渴望。」

而我對他說，「小笨鳥，你為何哭？糖，糖。一個可愛的字，糖。我愛我口中的甜香。我愛那滲入我肌膚的甜味。」

送葬的隊伍讓交通大亂，經過的路人紛紛脱帽致意、神情肅穆。我在這隊伍中，為馬諾和蘭伯特，也為我自己哭泣，哭我對糖的熱愛；而布雷克懷特也為同樣的事哭泣，還為他的童貞。我們肩並肩地走著。

＊

賽瑪說亨利是對的，「我覺得你不應該再到處跑，去干預別人的生活。人們並不真的想要你認為他們要的東西。」

「沒錯，」我說，「從現在開始，我們安靜地過日子就好。」

安靜。這個詞彙有這麼多種涵意。例如，事件後的翌晨，把眼鏡架上鼻梁，安靜地坐在一個簡樸角落裡的安靜。我現在也是個怪人了。我有執照。糖安撫我的心情。在亨利的院子裡，在賽瑪的房子裡，在山丘那頭荒涼的海灣沙地上，那是個療癒的海灣，這島上的人在此尋求私密的喜悅與悲傷。

牧師譴責我們，譴責我，日益激烈。而隔著飄動的窗簾，可以看見布雷克懷特在他的前面房間內，以感同身受的怒火敲打著打字機。

然後在一個頭隱約作痛的早晨，我在前門台階上發現一口小棺材，棺材裡是個斷手斷腳的玩具水兵，和一個碎米蕨做的玩具花圈。

他們圍過來看。

「真沒品，」布雷克懷特說，「噁心，對我們的羞辱。」

「是牧師的傑作。」亨利說。

「我一直告訴你，要你替我保險。」賽瑪說。

「什麼，是他要的花招嗎？」

亨利說，「牧師很看重他的工作。唯一的問題是，我希望我知道他到底是做什麼的。我不知道是傳教佈道還是賣保險。我不認為他也知道。對他來說，兩者似乎是同一件事。」

老實說。賽瑪門階上的棺材令我擔憂。它們不斷出現，我不知道如何是好。賽瑪也越來越緊張。一會兒她要我帶她遠走高飛；一會兒又說我應該自己離開。她同時也提議我應該試著買些保險來安撫牧師。

「安撫牧師？這話從何說起。亨利，你聽見了嗎？」

亨利說，「我會告訴你保險這檔事的來龍去脈。我不知道打什麼時候開始，這玩意兒在島上變成了一種社交，你懂我的意思吧。就像淋浴，就像上學，就像結婚。最近，假如你不保險，你好像就見不得人，完全沒辦法抬頭挺胸。每個人都覺得你窮得像教堂裡的耗子。但瞧瞧，說曹操曹操就到。」

是牧師，穿著西裝，春風滿面，一點都不像包藏禍心。

「去參加一個小小的慶祝會，順道來訪。」他說。

賽瑪滿臉敬畏，很難說得清是因為牧師的西裝、棺材，或他莊重的舉止。

「你慶祝什麼？」我說，「葬禮？」

他沒有生氣，「新工作，法蘭基。新工作。賺更多的錢，你清楚的。更多的佣金，更高的薪水。法蘭基，你說你住美國哪裡？哎呀，要留意我喔，我隨時可能去那裡。老闆這麼說的。」

我說，「我很樂意請你來坐坐。」

「你知道，」他說，「在保險這個事業上，我是怎麼做出這驚人的成績的，但這些當地人」——說到此，他捋捋他的鬍子，搔搔他的下巴，瞇起他的眼睛——「但這些當地人，你知道他們在錢上有多吝嗇。然後這家新公司設立了，你知道的，他們打聽到我，我沒有去見他們，他們派人來找我。然後當我去見他們時，他們奉我若神一般，你知道的。此外他們好大一批人都是白人。你知道的，夥計，我就像，我該怎麼說，就像那群人中的花花公子，一個花花公子。而且瞧，幸運女神是如何地還在眷顧我，瞧，我是如何地還在走運。你知道我特地來這兒慶祝什麼嗎？你知道過去多少年，我是怎麼求馬禾投保的。而且你清楚他，馬禾這個人，根本不想投保。他總說他要回中國，回老餛飩湯和蔣介石那兒。嘖嘖，他的保險從今天開始生效。」

亨利說，「他的健康檢查通過了嗎？」

我說，「瞎聊一下，在我看來，那人病得要命，你知道吧。」

「他健康檢查過了。」牧師說。

「他去看醫生？」亨利說，「還是醫生來找他。」

「你們怎麼盡擔心這些枝微末節的事？你瞭解這些中國人的，把他們放在他們的小店裡，他們可以待到世界末日、天國來臨，那是很健康的一種人生，知道吧。」

亨利說，「有一天馬禾跟我說，他一九二〇年剛到這島上時，船停在海灣，他放眼望去，只見紅樹林，他便開始哭。」

賽瑪說，「我無法想像馬禾哭的樣子。」

亨利說，「我倒覺得他從來沒不哭過。」

「瞎聊一下，」我說，「不會再有棺材了對嗎？」

「別讓我聽見死訊。」牧師搬出他講道的口吻說。他放聲大笑，一巴掌拍在我背上。

而且，確實，賽瑪家門口不再出現棺材、死水手，和玩具花圈。

兩週後的某一天，我敲賽瑪的門，「夫人，今天可有任何棺材？」

「今天沒有，謝謝。」

賽瑪變得很愛布置家裡。小屋子閃閃發光，滿是各種亮光漆的味道。牆上掛了幾幅配有厚紙卡圖框的裱框畫，蕨類盆栽套進黃銅花瓶裡，擺在大理石面的三角桌上，她對此桌尤為鍾愛。那天她又向我展示某個新玩意：有大理石台面的梳妝台，還附著一個陶盆和古典的寬口水罐。

「你喜歡嗎？」

「很可愛。但你真用得到嗎？」

「我一直想要一個。我姨媽就有一個。我不想用，只想擺著看。」

「很好。」過了一會兒我說，「你打算怎麼辦？」

「什麼意思？」

「呃，仗不可能永遠打下去，我不會永遠待在這兒。」

「嗯，就像布雷克懷特說的。你要回去了，我們則會留在這裡。別替我哭泣，而且，」她對房內所有那些小財產揮揮手，「我也不會為你哭泣。不，那是不對的，還是讓我們稍微哭一下。」

「我覺得，」我說，「你愛上了老布雷克懷特。他打動你了，賽瑪。我要警告你。他沒什麼好的，他是個處男，這種男人很危險。」

「不是布雷克懷特。老實跟你說，他有點嚇到我。」

「比牧師還教你害怕？」

「我一點都不怕牧師，」她說，「你知道的，我一直覺得牧師遣詞用字的方式，像個學者和紳士。」

我站在窗邊，「現在我倒好奇你會怎麼說了。」

牧師正穿著他的西裝從街上跑過，並且狂喊著，「你們全聽好，你們全聽好。馬禾死了，馬禾死了。」

從各個屋裡傳來眾口同聲的回應，「誰死了？」

「馬禾死了。」

「那人好得很，很好，很好。」

「誰？」

「馬禾。」

「我不是說他人不壞。我是說，」牧師說，陷入個人的悲痛情緒中，「我是說他狀況很好，他很強壯，很健康。而現在，而現在，他死了。」

「誰死了？」

「馬禾。我沒有哭，因為我讓我的新工作留下不良記錄。我哭，不是因為這是我賣保險以來，頭一次有人死在我手上。我哭，不是因為這些白人在我給我這份新工作時，確實非常非常抬舉我。」

「但，牧師，看起來就是如此。」

「看起來的確如此，但卻是錯的。哦，我的兄弟們，不要誤會，我是在為這人哭泣。」

「哪個人？」

「馬禾。」

「他真的想回去。」

「哪裡？」

「中國。」

「中國？」

「中國。」

「可憐的馬禾。」

「你知道他店舖後頭的房間裡，掛著那些中國畫。」

「還有許多小孩。」

「而且你知道這人有多好。」

「這人是很好。」

「你去馬禾店裡，跟他買一毛錢的紅奶油，他會給你一大坨。」

「還會附贈一大塊豬油。」

「而且他向來願意讓人賒點小帳。」

「賒點小帳。」

「現在他死了。」

「死了。」

「他不會再給半點豬油了。」

「沒有豬油。」

「他也不會再回中國了。」

「死了。」

牧師沿著整條被驚動的街道往前走，從一個男人喊到另一個男人，一個女人喊到另一個女人。那天傍晚，在馬禾店鋪的屋簷下，在緊閉的大門前，他發表了一篇精彩的悼文。他的六個小女孩唱聖歌。之後，他悲傷且嚴肅地走進亨利的店，開始喝啤酒。

亨利說，「老實告訴你，牧師，當我聽見你幫馬禾投保時我很震驚。你竟然不知道那人有糖尿病可真是奇事。不過瞧瞧這些擺得到處都是的棺材，所以我想不關我的事。於是我就管好自己的嘴巴。我什麼都不說。我總說，每個人都該知道分寸，管好自己的事就好。」

「糖尿病？」牧師說，下巴上的鬍子幾乎到浸到啤酒裡，「但醫生每項檢查都讓他過啦！」他右手還劃了個圈，「醫生替他做了檢查，每個項目都沒問題。我告訴你，這人好得很，好得很，好得很。他個子小，但你們所有人都見過他把那些沉重的糖袋和麵粉袋舉起放到櫃臺內側。」

亨利問，「你有驗尿？」

「沒問題啊。好得要命的尿。」牧師流了一會兒淚，「你知道這些中國人有多整潔。他和那些小孩走進後面的小房間，然後拿出一個小瓶子——一個小加拿大萬靈油瓶子。」他邊流著眼淚，邊用拇指和手指比出瓶子的大小。

「那不是他的尿，」亨利說，「所以他才不想去醫生那兒。所以他才會要醫生來找他。」

「哦！神哪！」牧師說，「哦神哪！這中國婊子。他讓我的獎金飛了。還有你，亨利。你跟我一樣是黑人，卻什麼也不告訴我。你們瞧，」他對著整屋子的人說，「這地方的黑人為何不進步，就是因為不團結。」

「有些人以這種方式團結，」亨利說，「有些人以別種方式團結。」

「牧師，」我說，「我要你替我幫賽瑪投保。」

「不要，」賽瑪緊張地說，「我不要牧師替我加保。我覺得這人是災星。」

「不要打落水狗，」牧師說，「不要打落水狗。我要離開了，我會搬到這城市的另一頭去。我要引退，不過只是暫時。」

然後他確實搬到城裡的另一區去了。他變成一個緊張的人，害怕賣保險，此外，還把恐懼灌輸給他試圖兜售保險的人：馬禾猝死的故事迅速傳開。

馬禾走了，和他一起走的，還有他店裡的中國色彩。店的後門不再有整齊的小隊伍進出；從不和他人打交道，給人只是島上過客的印象，隨時準備打包離開的馬禾一家人現在出來了。女孩們開始騎腳踏車。理賠金額綽綽有餘。男孩們開始在人行道上打板球。還有馬禾太太，從來沒說過一句英文的她，顯示根本會說英語。

「我開始覺得，」布雷克懷特說，「我錯了。我開始覺得，這島正要開始憑自己的力量崛起。」

＊

我們自己的旗也準備降下來了。戰爭結束。打了這麼多年之後，似乎結束得很突然。當消息傳來，眾人舉辦了嘉年華。現在沒必要再躲藏了。樂隊從各地冒出。不知誰寫出的一首歌「瑪麗安」，眾口傳唱。長久以來，看著此島被其他人佔管的本地人毫無惡意地唱著：「鶯鶯燕燕，鶯鶯燕燕，老美的受害人。」警告每個當地人，苦日子要來了。

亨利店裡的氛圍也起了微妙變化。戰爭那幾年所帶來的繁榮，讓這裡漸漸改善。不過如今，光顧的客群也有所不同。從基地來的軍官們帶著妻子一起來，欣賞舞蹈。這島上的一些中產階級也這麼做。有時候觀眾中還會有拿著錄音機的人。在這與日俱增的敬重中，亨利卻變得越來越不幸。他終於成了個怪人，還上了報紙。比較隨便的女孩不見了；冒出更多娃賓。娃賓非常貴，和注定要走入婚姻的女人難以分辨。有一天亨利描述，他的一個鼓手，一個叫史奈克的人，被某個人的老婆看上，套進西裝，打上領帶，送往美國學音樂。

亨利自己現在也越來越整潔，臉上的鬍子刮得比較乾淨，他很沮喪。他發達了，但這發達卻令他害怕。而過去好多年，布雷克懷特老說史奈克這樣的人只會讓這島墮落，加深土人隨遇而安、盲目樂觀的觀念，布雷克懷特火冒三丈。他總說，「史奈克在垃圾桶上敲打出音樂，這可真難。簡直像拿把小刀砍樹還要人喝采。」現在只要一講到史奈克被拐跑的事，他便會大談島嶼文化的崩壞。

「但你應該高興，」我說，「因為這表示這島是存在的。」

「才存在，」他說，「我們就開始破壞。你知道的，我一直在做很多的思考，你知道的，法蘭基，我開始覺得我書的問題不在於我，而在於我所使用的語言，在英文中，黑真是個該死的壞字眼。你們管壞心腸叫黑心。那我怎能還用這樣的語言寫東西呢？」

「我早跟你說了，你對我來說變得太黑。」

「我們需要的是自己的語言。我想用我們自己的語言寫東西。你知道我們有方言。不是英文，不是法文，而是我們組合起來的某種東西。這是我們自己的。你是對的。去他的那些爵爺小姐。去他的珍奧斯汀。這是我們的。這是我們必須切身使用的東西。而且我敢保證，不管理由是什麼，在這點上，亨利都站在我這邊。」

「是啊，」亨利說，「我們必須保衛我們的文化。」然後哀傷地看著他的新顧客，他加了一句，「我們得回到過去的日子。」

布雷克懷特屋外的板子上又多添了一行字：**方言教學**。

賽瑪開始去皇家學院上裁縫課。我相信，第一堂課都在縫邊，而且她一定不太在行。她縫一個枕頭套已經縫好久了，進展非常緩慢，而且變得越來越髒，髒得我都懷疑最後是否真能洗乾淨。雖然在她的小屋裡，她很快樂，而且避談最常盤踞我心頭的事：我們馬上要撤離基地的事實。

某天夜裡很晚，當我或許已無能力討論任何事情時，我們卻聊起此話題。一如過往常發生地，我獨自外出。我們全都有各自生氣的理由，而我的是這個：賽瑪拒絕行使任何權利來佔有我。我可以隨心所欲地自由來去。這是個爛醉的夜晚。我的鑰匙始終插不進鎖孔；我癱坐在門階上，最後她讓我進去了。她很擔心，很同情，卻不若她本該會有的擔心。然而那營救的瞬間始終縈繞我心：當時我無助、自我厭惡且徹底絕望地坐在門前，而那扇門，在我的搔抓下，竟奇蹟似地很快打開。

我們從她的縫紉課，而非我的狀況聊起。她說，「上完這些課後，我可以靠縫紉賺點錢。」

我說，「我看不出你縫東西能賺到什麼錢。」

她說，「在鄉下時，每天傍晚我姨媽都會坐下來，點盞油燈刺繡。她每次刺繡時，看起來都很快樂，很滿足。所以我向自己許諾，等我長大，也要每晚坐下來刺繡。但說真的，法蘭克，我懷疑是誰該替誰擔心。」

真切的印象再次浮現。我說，「賽瑪，我覺得你從來沒像今晚開門讓我進來時那樣，對我那麼好。」

「我什麼也沒做。」

「你真的很好，」情緒是愚蠢而且危險的；甜蜜感讓我失去理智，「假如有任何人敢傷害你，我一定會殺了他。」

她興味十足地看著我。

「我真的會，我會殺了他。」

她笑起來。

「別笑。」

「我不是真的在笑。但就為這點，為你剛才說的話，讓我們做個協議。你很快就要離開了。但你離開後，不論何時我們再相遇，也不論發生什麼事，讓我們約定，我們會共度第一晚。」

我們就此打住。

所以現在，聚集在亨利店裡的動機，相伴多於找樂子，同時也為了慶祝改變，亨利、布雷克懷特、賽瑪和我自己，我們四人的關注點碰巧一致。改變已成事實。我們能再共處的時間不多。現在每天街上都會出現生面孔，有一天，出現了兩個人，似乎，把我們永遠拆散了。

有一天，我們在亨利的店裡，一個西裝筆挺的中年男人躊躇地走到我們桌前，介紹自己是殖民地文化協會的德魯特先生。他和布雷克懷特打一開始就處得很好。布雷克懷特談起島上發展新語言的需要。他說他已經在那方面做了很多努力。他開始隨身帶著一些複印的表格：他已經創造出的詞彙表。

「我一直在組合新的詞彙。你覺得 squinge 如何？我覺得這是個好詞。」

「很可愛的一個詞，」德魯特先生說，「是什麼意思？」

「瞇起眼睛的意思，像這樣。」

「很棒的字。」德魯特先生說。

「我想像，」布雷克懷特說，「有個學院，可以專門負責把全世界所有偉大的作品，翻譯成這種語言。」

「驚人的工作。」

「這種需求很驚人。」

我對亨利和賽瑪說，「你們知道的，我覺得我們三人要失去布雷克懷特了。」

「我想你錯了，」德魯特先生說，「這正是我們必須鼓勵的事。我們必須與時俱進。」

「我最喜歡的詞句之一，」德魯特先生說，「我想跟你提個計畫，雖然決定權完全在你，不必有壓力。你願意去劍橋對你的語言進行更多的研究嗎？當然，牛津在語言學上向來比較出名，但——」德魯特先生笑了。

布雷克懷特跟他一起笑，已經打起牛津、劍橋牌了。幾乎在問句還沒說完之前，我就看出他已投降。但他還是掙扎了一下，「劍橋，牛津？但我得在這裡工作，跟有週遭的人。」

「這倒是，這倒是，」德魯特先生說，「但你可以看見康。」

「跑大老遠的路去看康。」亨利說。

「那是一條河。」德魯特先生說。

「很大的一條河？」亨利說。

「在英國，我們覺得大的東西比較粗俗。」

「聽起來像是條該死的小河。」亨利說。

德魯特先生繼續，「你可以看見國王學院的禮拜堂。你可以看見多佛的白崖。」

每說出一項誘因，讓布雷克懷特雙眼發亮的瓦數就提高。

德魯特先生繼續打開更多的開關，「你可以橫越大西洋，你會坐船遊泰晤士河，你可以看見倫敦塔。你可以看見雪和冰。你會穿上大衣，你穿大衣一定很好看。」

與此同時，亨利慢悠悠且偷偷地站起身，開始找藉口脱身，他說，「我從來沒想到自己會看見這一幕。」

在房間的遠端，我們看見一個兇巴巴的胖女人，她正仔細盯著這個昏暗房間，彷彿在尋找某人。她就是亨利常給人看的照片裡的女人，而且他習慣拿她編些浪漫和背叛的故事。就連現在，在這千鈞一髮的時刻，他仍抓住時間說，「我認識她時她沒這麼胖。」

成功，報上的專欄報導背叛了他。他當晚逃走了，但不出兩週，又被重新抓回來，打理光鮮地帶回來。現在掌理大局的人是亨利太太，如果她算是亨利太太的話。新官上任三把火，她俐落地打理店內店外，建立秩序、引進整潔、收銀機、帳單，在報上登廣告，還立了個招牌：

椰林——歡迎海外觀光客

現在沒有我們的立足之地了。改變，改變。快速而且來勢洶洶。從歐洲和美國來的船，穿越無水雷的安全海峽來到島上：某些是灰色的，某些還是戰時的迷彩，但已有一兩艘白色的：首批觀光船隻。

而在基地，曾經嚴厲警告限速五英里，及未經授權靠近的危險地方等，如今也掛上牌子：

公開拍賣。

基地被賣掉了，交還給本地人的時間都已定好。在那之前我依然有權進出。我沿街挨家挨戶地走賣。而且在那無人的時期，在最後撤離日和當地買主接手的空檔，立起了一個新告示牌：

佛羅里達襯衫工廠
很快在此設立

在拂曉時分，街上的人們會走進基地無看守的開敞大門，拿走任何他們可以拿的東西。他們拿走打字機，拿走爐子，拿走浴缸，洗臉盆，冰箱，櫥櫃。他們拿走門、窗戶和成片的鐵絲網。

我眼見建築物遭欺凌劫掠，我眼見熱帶的草蔓生進瀝青路的裂縫裡。我眼見花朵——九重葛、聖誕紅、朱槿，在我們創造的熱帶裡肆意蔓延。

在塞滿冰箱、洗臉盆、爐子和打字機的房裡，我作出道別。

「這就是我們選擇的路，」賽瑪說，「總比那樣好。」她指指亨利的店，亨利正可憐兮兮地站在自家門口，你可以感覺出，他背後來自亨利太太的沉重壓迫。「愛情和重要的事最後總那樣收場。」

我離開時，布雷克懷特正在打字。

3

現在門口杵著保鏢。

「我一直緊盯著你。」

「我也是，你很漂亮。」

他比了個手勢。

「和雜誌照片上的一樣漂亮。你們今天主打什麼？波旁威士忌？」

「你不能進來。」

「不，我不想喝波旁，我想吃米飯。」

「就算你打了領帶我也不覺得你可以進來。」

「波旁，米飯：我都沒興趣。我直接翻到漫畫這頁。」

「你不能進來這裡。」

「你們有個適合讓人砸爛的好地方。」

裡頭布置得十分豪華，就像老音樂劇的拍攝場景。有穿著花俏制服的服務生，我覺得那應該是某種民俗服裝。燭光搖曳的桌子前坐著觀光客；還有個搭著茅草頂的舞台。而一張長桌上，與一些身穿昂貴衣服的老傢伙同坐的正是布雷克懷特先生。

「你沒打領帶不能進來。」

我用力拉扯他的領帶。

一個聲音說，「在你被自己的領帶勒死前，你最好借給他。」

那是亨利的聲音。可憐的亨利，穿著西裝打著領帶。雙眼發紅、軟綿綿的，因為喝酒；比我記憶中的瘦，一張臉更苦瓜了。

「亨利，他們對你做了什麼？」

「我想，」另一個聲音說，「這個問題更該由他來問你吧。」是布雷克懷特。H．J．B．懷特，作家照片裡那張眨著眼的痛苦的臉，現在再尋常不過。

「你所有的書我都買了。」

「耶，你萬歲，如俗話所說的。法蘭克，能在這兒再次看見你真是棒透了。但你真有點嚇到我們。」

「你們也嚇到我了。」我舉起雙手，裝出驚駭狀，「哦，你們讓我好害怕。」

亨利說，「你再這個樣，他們就會把你拱上那個舞台。」他朝房間後面點點頭。

布雷克懷特擔憂地掃了室內一眼。他們之中有些觀光客，早上那些快樂的和怨懟的人馬，正驚慌窘迫地看著我。讓同船的人蒙羞。

布雷克懷特說，「你知道，我覺得你不只嚇到我們。」

我正費勁地打著門房給我的領帶，油膩膩的。

「瞧，」我對亨利說，指指門房，「這人沒有領帶。把他趕出去。」

「你還是那老脾氣，」布雷克懷特說，「我覺得你一定看不出我們與時俱進了。」

「哦，你們真把我嚇壞了。」

「酒鬼。」布雷克懷特說。

「只是糖，記得嗎？」

「我相信，法蘭克，身為一個朋友，我得說，你想要的是另一個島，另外一幫子隨遇而安的土著。」

「所以你去了劍橋？」

「一個乏味的地方。」

「但還是改變了你。」

樂隊開始演奏，布雷克懷特變得不安起來，急著想走回他的客人身旁。「來吧，法蘭基，何不跟亨利一起下樓到廚房去，在那裡喝一杯，敘敘舊？你看得出我們今晚有些非常顯赫的客人，分屬不同的基金會。手邊正在進行很重要的協商，小子。而且我們可不能讓他們對這個地方留下錯誤的印象，你說是嗎？別浪費你的時間，聽我的勸，開始找別的島嶼。」他看著我。

他軟化了。「雖然我認為對你來說，除了家之外，找不到其他地方。帶他下去，亨利。還有亨利，聽好，帕布羅和其他那些遊手好閒的傢伙進來時，先在廚房把他們收拾乾淨點再放進來，知道嗎？」

男男女女穿著和服務生相類的別緻裝束進來，走上舞台，開始跳一種民俗舞蹈。象徵性地採棉花，象徵性地割甘蔗，象徵性地取水。他們蹲伏在地上搖擺，低吟著一種哀歌。不時有個戴白面具的人物在他們中間穿梭，揮甩著鞭子；他們十分恐懼地舉起雙手。

「你看見我們黑人是怎麼受折磨的。」亨利說，邊把我帶到一扇寫著員工專用的門前，「全是布雷克懷特做的，你知道。他說是你給他的點子。你讓他停止寫那些英國爵爺小姐的書。你要求他寫黑人。你知道的，法蘭基，仔細想想，你還真該死的干預了一大堆，你知道的。你沒設法幫我娶個老婆還真稀奇：是稀奇嗎？是可惜了。還記得你過去總說，要是你有一百萬，你打算做什麼嗎？你打算替這個島，這條街做什麼？」

「一百萬。」

身後有腳步聲。我轉身。

「法蘭基。」

「蘭納德。」

「法蘭基，真高興找到你。我真的好擔心你。但，老天，這地方是不是棒透了，你有看見最後那支舞嗎？」

從我們的地方還能聽見鞭子甩地的聲音，諧和的哀哭聲，踱足和逃跑的腳步聲。接著是低抑和緩且莊重的喝采聲。

「蘭納德，你最好回去，」我說，「樓上有一些從各個基金會來的人，他們已經逮住懷特先生。如果你不小心點，可是會失去他。」

「哦，原來那就是那些人的身分？謝謝你告訴我。我立刻就跑上去。我不知道該怎樣向他介紹自己。大家就是不相信我……」

「你會想出某種說詞的。亨利，電話在哪兒？」

「你還在玩這種電話把戲啊。有一天警察會盯上你。」

我撥號。電話鈴響。我等候。低沉渾厚的男子聲音大喊，「法蘭基，滾開！」大聲到連亨利都聽得見。

「牧師，」我說，「蓋瑞·普利斯蘭。你覺得他是怎麼知道的？」

亨利說，「從你先前的那些行徑，我想現在城裡已經沒有哪個人不知道。你知道，你毀了英國協會的莎士比亞演講之類的嗎？」

「我的天哪。」我想起那房間。六個人，一個穿著卡其長褲的男人，坐在一張桌子前，快活親切地與人促膝而談。

「你以為那是酒吧。」

「但亨利，這地方怎麼啦？你是說，現在他們真的開始灌輸你們文化？莎士比亞和所有其他的東西？」

「他們給我們，我們給他們。雙向交流，像老布雷克懷特老說的。而且他們總說有太多東西他們得向我們學習。我不知道事情怎麼如此突然地就火紅起來。你瞧瞧，現在這地方簡直像個小紐約。我想所以他們才會喜歡這裡。人人感覺像回到自己家。冰箱裡有冰塊，但同時，他們又能體驗到異國情調的老文化。老椰林甚至有個董事會。我想，你知道的，下一步他們會要我參選，進市議會。他們已經幫我弄了個MBE，你知道的。」

「MBE？」

「大英帝國員佐勳章。他們頒給歌星和在文化方面有貢獻的人。法蘭基，就連什麼MBE，你也壓根不在乎，忘了電話，忘了賽瑪吧。有的時候，你甚至希望世界末日算了。時光不會倒流，你無法讓事情重新來過。事情就自然而然變成那樣，而且變好了。只是不到最後，你看不出那樣是好的。我希望颶風能來，把這一切都吹跑。我覺得這世界偶爾需要來這麼一下。徹底地破壞，全新的開始。但這個該死的世界不會結束，我們也總在錯誤的時機死掉。」

「賽瑪怎樣了？」

「你真想知道？」

「告訴我。」

「前幾天我聽說她買了台攪拌機。」

「哇，這才是我所謂的新聞。」

「我不知道還能跟你說什麼。前幾天我去了趟希爾頓。烤肉之夜。我在那裡看見賽瑪，正和其他人一起對著菜餚挑三揀四。法蘭基，每個人都與時俱進了。只有你和我在倒退。」

亨利太太走進來。她不必說她不喜歡我。亨利一臉畏縮。

她說，「我不懂，亨利。讓你管前面不過五分鐘，那地方就開始亂得不像樣。我非開除那門房不可。他沒有打領帶或之類的。還有懷特先生不是也叫你今晚要特別留神。」

我撥弄著門房的領帶。當亨利太太離開時，亨利拿起想像中的湯普森衝鋒槍對著門掃射。我這才注意到這房間。我們正置身一片花海中。數以百計的塑膠花。

「你瞧，」亨利說，「這不是我弄的。我是喜歡花，但我不喜歡這麼糟的花。」

後門又被推開。亨利馬上一臉畏縮，壓低嗓音。但不是亨利太太。

「我是帕布羅，」一個氣呼呼的男人說，「那個胖女人是什麼意思，要我們繞到後門進來？」

「那不是什麼女人，」亨利說，「那是我老婆。」

和帕布羅一起的，還有兩名也是氣呼呼的男人。三個土里土氣的當地人：剛洗乾淨的頭髮，剛抹上的油，剛穿戴整齊的西裝。看起來活像三胞胎。

帕布羅說，「懷特先生特地派人請我們來的。他派人去請我，他派人請他。」他指指他的一位朋友。

那位朋友說，「我是桑德羅。」

「我是派德羅。」

「帕布羅，桑德羅，派德羅，」亨利說，「消消氣。」

「懷特先生可不喜歡這樣。」帕布羅說。

「讓客人和藝術家從後門進來。」桑德羅說。

「當他們受邀來吃個小晚餐。」派德羅說。

亨利打量他們，「客人和藝術家。小晚餐。哎呀，我想你們的樣子都還過得去，就像俗話說的，已經盡了最大努力。上去吧，懷特先生正在等你們。」

他們上去了，怒火平息不少。從他們的走路的姿態，可以看出不容再受侮辱的決心。亨利也尾隨他們上樓，垂頭喪氣。

我發現窗後有張憤怒的臉。是那名被解雇的門房。沒打領帶我幾乎認不出他來。他比出威脅的手勢；他似乎想爬進來。我扯扯環著領口的他的領帶，調正，然後匆匆跟在亨利後頭進入大廳。

長桌上的小晚餐似乎要開始點菜了。布雷克懷特站起身，迎接帕布羅、桑德羅和派德羅。三名和布雷克懷特在一起，穿著昂貴西裝的男人也站起，引見給眾人。蘭納德和辛克萊爾猶豫地在附近徘徊。

布雷克懷特注視著蘭納德，蘭納德退縮了。他看見我並跑過來。

「我鼓不起勇氣。」他低聲說。

「我替你介紹。」

我領他到桌旁。

「我替你介紹，」我又說了一次，「布雷克懷特是老朋友。」

我從另一張桌前拉來兩把椅子。我把一張椅子放在布雷克懷特的右邊，給蘭納德。另一張椅子放在布雷克懷特左邊，給我。基金會人的臉上寫滿驚異；布雷克懷特是一臉焦慮；不自在地坐在水晶杯、亞麻餐巾桌布、花朵和蠟燭之間的帕布羅、桑德羅和派德羅的臉上則半是估量半是同情。

一名侍者遞給眾人菜單。我也試圖伸手拿一份。他把菜單抽回。以詢問的眼神看著布雷克懷特。布雷克懷特看著我。又低頭看向蘭納德。蘭納德回以淺笑一朵，並輕輕揮揮手，同時垂眼看著桌上兩副餐具間的間隔，然後從他的右邊拿過叉子，從左邊拿來刀子。

「是的，」布雷克懷特說，「我想。給他們吃。」

他們匆忙擺上刀叉和湯匙。

帕布羅、桑德羅和派德羅正掀動嘴唇，默唸著菜單。

帕布羅說，「我要蝦多布里昂牛排。」

「但，先生，」侍者說，「哪是兩人份的。」

帕布羅說，「你沒聽見我說的嗎？蝦多布里昂。」

「蝦多布里昂。」桑德羅說。

「蝦多布里昂。」派德羅說。

「牡蠣，」我說，「五十，不，一百。」

「前菜？」

「也是最後一道。」

「我要明蝦，」蘭納德說，「你知道的，水煮的，而且帶殼，我喜歡剝蝦殼。」

「布雷克懷特，他是你的超級仰慕者，」我說，「他叫蘭納德，也是藝術贊助人。」

「是啊，沒錯，」蘭納德說，「懷特先生，這真是太榮幸了。我覺得《憎恨》實在非常棒。那是一部——一部，最討人喜歡的作品。」

「它不是寫來討人喜歡的，」布雷克懷特說。

「天哪，我希望我沒說錯話。」

「你不會，蘭納德，」我說，「蘭納德有些錢想資助。」

布雷克懷特的眼神轉變。帕布羅、桑德羅和派德羅抬眼看。基金會的人全瞪大眼。

「奇皮，你認識他嗎？」

「我想我不認識，讓我問問比皮。」

「我不認識他，提皮。」

「蘭納德，」奇皮說，「在基金會的圈子裡，我從未聽說過你。」

「這是有可能的，」布雷克懷特說，「但蘭納德有正確的觀念。」

「懷特先生。」比皮輕蔑地說。

「我們幾時讓你失望過。」提皮說。

「你現在該不會想把我們踢到一邊了吧，會嗎？懷特先生？」奇皮問。

「懷特先生，那你呢？」侍者問。

布雷克懷特望著菜單考慮，「我想我的前菜要盧庫盧斯酪梨。」

「盧庫盧斯酪梨。」侍者邊露出嘉許的表情邊記下。

「懷特先生，正確的觀念是什麼意思？」

「然後，我想我要試試比目魚排，今晚的家常式作法如何？正確的觀念？」

侍者把拇指和食指圈起，比出ＯＫ狀。

「好吧，就點家常比目魚排。加一些菠菜。先生們，我就直話直說吧，後殖民時期的藝術家正處在尤為艱難的境遇中。」

「你想菠菜如何處理？懷特先生？」

「en branches[10]。而你們或者任何人可以幫助他的方式就是——錢。這就是我們坐在這兒的目的，先生，現在你們能幫助這位帕布羅的方式——」

「酒單，懷特先生。」

「繼續說，我們在聽。」

「幫助帕布羅的方式——啊，侍酒師。還是讓我們問問我們的東道主。」

「不，不，你決定就好，懷特先生。」

「是用——錢。我們該破格一回嗎？帕布羅，你和你的夥伴們介意喝德國白酒嗎？或者你們完全堅持要喝勃艮地配你們的夏多布里昂？」

「您說了算，懷特先生。」

10 譯註：法文，帶梗。

「我想就德國白酒。我問你，你們還有上好的呂德斯海姆酒嗎？」

「有，懷特先生，冰鎮的。」

「先生們可以嗎？有點甜，不過不起泡。」

「當然。服務生，拿兩瓶懷特先生剛說的酒來。我們要怎樣幫帕布羅？」

「帕布羅？你給帕布羅一千塊，然後讓他繼續做他的工作。」

「他在做什麼工作？」比皮問。

「就我現階段的遊說而言，」布雷克懷特說，「那是枝微末節。」

「我完全同意。」奇皮說。

「服務生，」布雷克懷特喊，「我想你忘了我們的東道主。」

「抱歉，先生，你們呢？」

「假如你們有興趣，帕布羅和他的夥伴們是一群畫家。他們同時在一張畫布上作畫。」

「韃靼牛排，義大利式的，或荷蘭式。」

「韃靼牛排。一個人畫臉。」

「韃靼牛排。另一個人畫風景。韃靼牛排。我在說什麼？只要一份沙拉。」

「不全然是，」布雷克懷特說，「在恢復部族潛意識上，這更是一種實驗。」

「我們應該說，en vinaigrette[11]嗎？」

「什麼意思？」

「你瞭解榮格和種族記憶。」

「加醋。」

「那就是我的感覺。」

「他們創造出一些非常有趣的結果。某種藝術的意識流接力。只不過是用顏料。一種連綿不斷的交互干擾。」

「聽起來十分有趣，懷特先生。」比皮說。

「我們不想冒犯帕布羅。」提皮說。

「或者桑德羅或派德羅。」奇皮加了一句。

「但我們得確定，懷特先生。」

「基金會的圈子裡有自己的一套運作規則，懷特先生。」

「我們必須提交報告。」

「懷特先生，幫我們。」

「懷特先生，我們專程跑這趟來見你。」

11 譯註：法文，油醋醬。

「我不知道，先生們。我們不能就這樣把帕布羅和他的夥伴刷掉。這說法還真合適[12]呢，你們不覺得嗎？且讓我們聽聽他們的想法。」

比皮、提皮和奇皮看向帕布羅、桑德羅和派德羅。

「問他們，」布雷克懷特說，「快啊，問他們。」

「你對這事有何看法？帕布羅先生。」比皮問。

「假如有任何錢下來，都給布雷克懷特。」帕布羅說。

「給懷特先生。」桑德羅說。

「我也是這麼想。」派德羅說。

「你瞧，懷特先生，」奇皮說，「你必須擔起責任。對於你想扶植新人的意願，我們非常欣賞，但——」

「一點沒錯。」提皮說。

布雷克懷特看起來並不洩氣。

菜餚送來了。帕布羅和他的朋友們開始鋸。布雷克懷特舀起一杓酪梨，斟了點酒。

布雷克懷特說，「我不願讓人覺得我在搶出風頭。我想讓你們見見帕布羅和他的夥伴們，因為我認為，你們或許希望能鼓勵些新的東西。我覺得你們這些傢伙已經從我這裡榨取得夠多了。」

眾人打哈哈地笑笑。我吞我的牡蠣。蘭納德剝他的明蝦。

「此外，」布雷克懷特繼續說，「因為我覺得對於我手邊正在進行的實驗性作品，你們可能完全沒興趣。」

「實驗性？」提皮說。

「哦，聽起來不錯。」蘭納德說。

「先生們，沒有藝術家會炒冷飯。我跨種族的愛情故事，不是我自誇，已經獲得非常多的尊重，更確切地說是喝采。」

「這倒是。」比皮、提皮和奇皮說。

「先生們，在你們發表任何高見之前，聽好，我已經決定排除萬難。」

「這樣很好，」蘭納德說，「這樣非常好。」

「我們要如何排除萬難？」布雷克懷特說。

帕布羅伸手拿起一瓶酒。空了。他舉起瓶子對著燈看，並且搖了搖。奇皮從他手中拿過酒瓶，放在桌上。「已經倒完了。」他說。

「我思考這個問題已經很久了。我覺得我們應該與時並進。」

12 譯註：因他們是畫家，用筆刷畫畫。

「老布雷克懷特了不起。」我說。

「我想，」布雷克懷特說，「寫一本以黑人為主角的小說。」

「哦，很好。」蘭納德說。

「一本有關黑人戀愛的小說。」

「絕妙。」比皮、提皮和奇皮說。

「和一個黑人女子。」

「懷特先生！」

「懷特先生！」

「懷特先生！」

「我想你們會很驚慌失措，」布雷克懷特說，「但我會把這麼一本小說看成終極解放的宣言。」

「這是一個棒透的點子。」蘭納德說。

「會遇到非常多的問題，當然。」布雷克懷特說。

「懷特先生！」比皮說。

「我們還是得提出報告。」奇皮說。

「我們的報告。」提皮說。

「冷靜，夥伴們，」比皮說，「懷特先生，你不打算告訴我們你要如何處理這故事嗎？」

「那是我的難題。」布雷克懷特說。

「你的難題，」奇皮說，「那我們的難題呢？」

「黑人男孩遇見黑人女孩。」提皮說。

「他們墜入愛河。」比皮說。

「然後他們生下一些黑人小孩。」奇皮說。

「懷特先生，這不是一個故事。」

「這更像老派的黑鬼秀。我們一直在抵制的東西。」

「自由主義者會抨擊你的。」

「你會害我們被解雇。懷特先生，站在我們的立場想想看。」

「冷靜，夥伴們。讓我和他談談。這是一個奇怪的開倒車現象，懷特先生。」

「可不是。你已經直接倒退回《雷默斯大叔》[13]，直接退回兔子老兄和狐狸老兄[14]的時

13 譯註：*Uncle Remus*，由Joel Chandler Harris根據非裔美國南方黑人傳說編寫的*Uncle Remus: His songs and His sayings*（1881）一系列故事中，以故事主述人形象出現的黑人僕人。

14 譯註：雷默斯大叔所講故事中的角色。

代。」

「替我們再寫一本《憎恨》，我們就盡全力贊助你。」

「再給我們寫些艱苦奮鬥的故事。」

「冷靜，夥伴們。全看怎麼處理，當然。在一件藝術作品當中，處理手法是關鍵。」

「當然，」布雷克懷特說，從服務生恭謹端著的盤子裡，舀起一杓家常醬汁。

「我不知道。你或許可以動點手腳。你可以寫從一個邪惡白人女子手中，把那黑人救出來。」

「或者寫從一個邪惡白人手中，救出那黑女人。」

「或者別的什麼。」

「我們必須很小心，」布雷克懷特說，「我已經做過相當徹底的研究。我不想得罪任何族群。」

「你什麼意思，懷特先生？」

「他是對的，」蘭納德說，「懷特先生，我覺得你真是棒透了。」

「謝謝你，蘭納德。而且此外，我正琢磨著要不要寫一個以差勁黑人為主角的故事，只是實驗。」

「懷特先生！」

「懷特先生！」

「懷特先生！」

「我很抱歉。我用了很愚蠢的字眼。人很容易這樣說話。把不能簡單帶過的描述，簡化成單純的用詞。我原意不是差勁。我是指尋常。」

「懷特先生！」

「冷靜，提皮。」

「你什麼意思，懷特先生？某個球技很差勁的人？」

「還是音癡？」

「你只是想寫個瘸子，」蘭納德說。

「我有想過這點子，蘭納德，」布雷克懷特說，「他們只想要個瘸子。」

「哪個見鬼的人提過瘸子？」

「冷靜，比皮。」

「年輕人，」奇皮說，「原諒我這樣對你說話。但你這是在自殺。你已經建立起不錯的小口碑。現在何苦要為了一些瘋狂的點子，自毀前程？」

「你何不回家，再替我們寫一本蒙上陰影的制服？」

「再給我們寫一本《憎恨》。」

蘭納德說，「我想資助你，懷特先生。」

布雷克懷特說，「發展成這樣的局面，我十分高興。我想我瞭解你們幾位先生以及你們的原則。歸根結底，讓你們去贊助帕布羅和他的夥伴們，或許是個不錯的點子。」

「還要加點什麼嗎？懷特先生？」服務生說，「沙巴翁[15]？栗子泥？」

「我什麼都不要了，只要帳單，」布雷克懷特說，「雖然那些小伙子看起來好像還沒吃飽。」他朝帕布羅和他的朋友們點點頭。

服務生拿來帳單。布雷克懷特朝比皮、提皮和奇皮揮揮，他們每一個人都伸出訓練有素的手去接帳單。

「懷特先生，我們無意冒犯你。」

「但你們已經冒犯了。」蘭納德說。

「我恨你，」布雷克懷特對比皮說。他指著奇皮，「我恨你。」他指著提皮，「而且我恨你。」

他們開始微笑。

「這是原來的H·J·B·懷特。」

「我們或許失去了一位朋友。」

「但我們覺得我們拯救了一名藝術家。」

「從現在開始餵飽帕布羅和他的夥伴吧。」布雷克懷特說。

「是啊，」蘭納德說，站起來，「餵帕布羅，懷特先生，你有我。我覺得你的黑人點子很棒。我會贊助你，你將一無所缺。」

「這傢伙是誰？」比皮問。

「謝謝你們的牡蠣，」我說，「他有一百萬可以玩。他會讓你們全都看起來很蠢。」

「誰知道？」奇皮說，「那瘋點子或許會成功。」

「果真那樣，紐約不會高興的。」比皮說。

「冷靜。」提皮說。

他們朝酒吧走。

「從此冬天不用再出遠門了。」

「或者延後歸期。」

「不用再開會。」

「日或夜地開。」

「不用再絞盡腦汁地琢磨文–昏–學。」

15 譯註：一種義式甜點。

「或者在戲院開研討會。」

「但等等，」比皮說，「或許布雷克懷特是對的。或許帕布羅和他的夥伴們確實有兩下子。部族潛意識。」

他們還在吃。

「帕布羅先生？」

「桑德羅先生？」

「派德羅先生？」

*

我讓布雷克懷特和蘭納德自己聊，我也把辛克萊拋下，他從頭到尾都在餐廳裡。我下樓去廚房。

電視螢光幕上蓋瑞·普利斯蘭正在宣布：「播報重要新聞。颶風愛琳的路線稍有改變。這表示現在它也將行經本島。如你所知，」——他幾乎以深情地口吻喊著——「愛琳已經把卡利巴島和摩洛科伊島夷為平地。」螢光幕上出現定格畫面，倒塌的房舍、遺體；在不可能的地方出現的汽車；椰林裡，連根拔起的椰子樹，彷彿設計過一般，彼此幾近平行地依序躺在地上，等著被豎起。蓋瑞．普利斯蘭報出死傷人數和金錢損失等細節。他就像體育記者，隨著攀升的數字而益形激動。「隨時收看島嶼電視台的播報，電視台今晚不休息，全天候連播，請持續收看以掌握最新消息。紅十字會傳來一則訊息，但首先——」

馬禾家的女孩出現，穿著她們的荷葉邊抽縐短裙，為當地出的一種蘭姆酒，唱一首輕快卻有些像是馬在嘶鳴的歌。

當她們正唱著歌時，電話響了。

亨利一直盯著電視機看，彷彿有什麼東西比新聞更吸引他。他回神，接起電話。

「找你。」

「法蘭基。」

那不是蓋瑞．普利斯蘭的聲音，名電視節目主持人和司儀。那是牧師的聲音。

「法蘭基，你給我聽好。閃開，別搗蛋。我今晚心思全在災情上。不准去煩賽瑪。不准刺激她。」

從電視上，我看見他放下電話，看見他的態度隨即又從牧師變回普利斯蘭。然後就像神般，他監看著更多卡利巴和摩洛科伊島上災害的定格畫面。

廚房的天花板低矮。燈是日光燈。沒有風，沒有任何噪音，除了抽風機發出的聲音。那個世界在外面。裡面是受保護的。

亨利凝視著死亡和混亂的畫面，變得活潑起來。

「颶風，法蘭基，颶風，小子。你覺得它真會來嗎？」

「你想它來嗎？」

他一臉茫然。

我丟下他往廁所跑。牡蠣讓我想吐。一扇門上貼著金屬牌子，上頭雕著個男人圖像，另一扇則是個女人。他們的忸怩令我冒火。他們輪流搖搖晃晃地朝我跑來。我甩了那女人一巴掌。尖叫聲起。我匆匆鑽進有男人圖像的那扇門。

鏡子上糊滿水氣。我用手擦淨部分鏡面。那天的頭一次，那晚，那早晨的頭一次，我看見自己的臉。我的臉，我的眼睛，我的襯衫，門房的領帶。我崩潰了。部族潛意識。藝術家的肖像畫。我在一個角落簽上名字。

「是啊，說到底，我想你是十分了不起的。非常勇敢。像個男人樣地穿梭在人群中。你搭計程車。你買襯衫。你打點家家戶戶，你旅行。你聽見別人的聲音，但你不害怕，你真的很棒。你打哪兒來的勇氣？」

一隻手抓住我的手肘。

「蘭納德。」我低聲說，轉身。

但卻是亨利，比那晚稍早時堅決些，比較打起精神，比較不沮喪。

「夥計，颶風要來了。頭一次。你想在這裡會會它嗎？」

我出去了。並且看見賽瑪。

「你。」我說。

「電話裡的神祕男子，」她說，「我一點都不覺得神祕，雖然，頭幾次是。我知道那是你。亨利派人送了個口信給我。我就盡快從希爾頓趕來。」

「烤肉之夜，蓋瑞．普利斯蘭，司儀。我知道，賽瑪。我必須和你談談。賽瑪，你把我們的房子拆了。我去看過了。你拆了它。」

「我有一間更好的。」

「可憐的賽瑪。」

「富有的賽瑪，」亨利說，「可憐的亨利。」

我們在廚房裡，電視機是藍色的。抽風機轟隆響。

「我把房子賣給一個基金會。他們要在那裡蓋國家劇院。」她朝電視機點點頭，「是蓋瑞的主義。很好的一筆交易。」

「你們全都做了好交易。誰來寫劇本？蓋瑞？」

「只做即興表演。沒有布景或之類的。觀眾隨時可以從舞台上走過。甚至可以參與演出。就像過去的亨利的店。」

「颶風就要來了。」亨利說。

「全是蓋瑞的點子。」

「颶風不是。」我說。

「就連那也是。」她盯著螢光幕，彷彿在說，看。

普利斯蘭，牧師，正抬起頭，高仰著。從其他島嶼的死傷與災情細節中，從以播報者的那種激動所報導的詳情中，他專注地進入一種宗教的狂喜狀態。這回接在後頭出現的不是馬禾家女孩的商業廣告，而是六名黑人女孩唱讚美詩。

她別開視線，「來，我帶你去看看我家吧？」

「你真想我去你家看看？」

「看你。」

「颶風要來了。」亨利說。他開始搖擺，「全都要結束了。我們全要變成新的人。」

「悔改！」牧師在電視螢光幕上喊著。

「悔改？」亨利喊回去，「這一切都要結束了。」

「歡欣！」牧師說，「這一切都要結束了。」

「現在為什麼要逃走？」亨利說。

「為什麼要逃走？」牧師說，「無處可逃。很快地，也將無事可逃。有一條路，人以為正，至終成為死亡之路[16]。悔改！歡欣！倘若我們無視如此偉大的救贖，我們如何能逃。」

「艾梅達！」亨利喊。「艾梅達！」對著賽瑪和我，他說，「還沒有，別走。最後一杯。最後一杯。艾梅達！」他在廚房和隔壁房裡到處走。「所有這些塑膠花！所有這些家具！所有這些裝飾！燒毀它們，哦主！」

亨利太太出現在門口。

「艾梅達，我親愛的。」亨利說。

「你現在是著了什麼道？」

他從牆上的鉤子上取下一隻展翅的鳥，朝她的腦袋扔去。她迅速彎身躲過。鳥摔在門上破了。

「那值四十塊。」她說。

他又拿了其他隻砸她，「現在八十了。」

「亨利，你腦子灌風啦！」

「讓我們湊個一百。」他舉起一只花瓶。

16 譯註：聖經箴言14：12。

賽瑪說，「我們走吧。」

我說，「我想是時候了。」

「好，亨利。」

「不，你們是我的朋友，你們得喝道別酒。艾梅達，可以替我朋友服務一下嗎？」

「叫我先生，艾梅達。讓我們照從前的習慣。」

「是的，亨利先生。」

「伏特加和椰子水，艾梅達。」他放下花瓶。

黑人女孩們唱著讚美詩。

「賽瑪，你那天晚上讓我進去，」我說，「我一直記得。」

「我也記得，所以我才過來。」

艾梅達，亨利太太拿來一個酒瓶，一只水壺和幾個平底玻璃杯。

亨利說，「艾梅達，在你花了所有這些時間教我規矩之後，你竟想把裡面有頭髮的玻璃杯拿給我的朋友們？」

「那你自己招呼他們啊，你這個醉醺醺的老娘炮。」

「老娘炮，老娘炮，」亨利說，然後，口中發出純粹喜悅的叫喊，在讚美詩歌聲流蕩的背景音樂下，他砸碎了酒瓶、水壺和玻璃杯。他到處走地砸東西。艾梅達跟在他身後，並說，

「這值二十塊，那值三十二塊。那值十五塊。拍賣價。」

「坐下，艾梅達。」

她坐下。

「給他們看你的嘴。」

她張開她的嘴。

「舒適又寬敞。你知道的，艾梅達，你有張大嘴巴。牙醫都可以帶著他的午餐便當爬進去，銼上個一整天。」

艾梅達沒有牙齒。

「法蘭基，看看你把我丟給了什麼人。坐下，艾梅達。她一定是和她的姊妹們比賽，姊妹把她的牙全給拔光了，於是艾梅達小姐就這麼理所當然地不想留下她的任何一顆牙齒。瞧。我早中晚都得看著這樣的嘴。我要瘋狂地打你，嘴，這張嘴，我要打爛你。」

「不，亨利，這張嘴花了快一千塊，你知道的。」

「哇，那麼多錢，而且世界要末日了！」

「歡欣！」牧師在電視機的螢光幕上喊。他拿起桌上的電話，撥號。

亨利廚房裡的電話響了。

「別接，」賽瑪說，「來吧，我們的協議。我們的第一個晚上。讓我帶你回家。」

藍色螢光幕上的讚美詩；艾梅達的尖叫聲；玻璃杯和陶皿的摔碎聲。依然亮著燈的椰林大廳裡不見人跡，搭有茅草頂的舞台上也空蕩蕩的。

「完美的戲劇，沒有布景，沒有演出，沒有觀眾。讓我們欣賞。」

她領我走到外邊。人都在這兒。有些從椰林來的，有些是從鄰近的建築物裡。他們一動不動地安靜站著。

「就像水族館。」賽瑪說。

低矮幽黑的雲在天上競馳。光線忽明忽暗。

「賽瑪，你的車？」

「我一直想要一輛跑車。」

「什麼人玩什麼車。你要帶我去哪兒？」

「回家。」

「你還沒告訴我。那在哪兒？」

「曼哈頓公園。一個新開發的地區。過去是柑橘園。那塊地很大，有半英畝。」

「有可愛的草坪和花園。」

「最近人們流行栽種灌木。你一定注意到了。你會喜歡那一帶的，非常高檔。」

那是個高檔的漂亮地段，賽瑪的房子走島上的現代風格。草坪、花園，淚珠形的泳池。簷廊屋頂以一段段傾斜的鐵管架起。天花板是上了亮光漆的剛松木。家具也同樣富現代感。小塊的漂流木；做成油燈樣的電燈；形狀不規則的桌子，桌面是帶著樹皮的樹幹。她一定討厭直線、圓形、三角和橢圓的東西。

「你哪來的勇氣，賽瑪？」

「你只是情緒使然。我們全都有勇氣。」

牆上掛著具當地色彩的畫，非常現代感。

「我總認為女人很有勇氣。想想看，把最新的教人瞠目結舌的東西穿在身上，就那樣走出去。這需要勇氣。」

「但你應付得來。你賣什麼？我敢說你一定在賣東西。」

「百科全書，教科書。不冒犯人的文化，沒有黑鬼吉姆的《頑童歷險記》，一塊錢。」

「你看。那是我永遠做不來的事。這世界不是個可怕的地方，真的。大都時候，人們都在演戲。一旦你瞭解這點，你就開始發現每個人都和自己一樣。不比你堅強，也不比你軟弱。」

「哦，他們都比我堅強，布雷克懷特，牧師，你，甚至亨利——你們全都比我堅強。」

「你正在看漂流木嗎？可以在大自然中找到的可愛東西。」

「但我們要破壞大自然，不把它留在原地。可愛的房子，賽瑪。可愛，陰森、噁心、恐怖的家。」

「我的家不恐怖。」

「不，對你當然不。」

「你侮辱不了我。你也太該死的害怕了。你不喜歡家，你比較喜歡營業場所。而非融入別人的生活。」

「沒錯，我是比較喜歡營業場所。我的天，這簡直是鬼打牆，無法掙脫，我被其他人響噹噹的名號團團包圍。」

「你更墮落了，法蘭克。來吧，當一回乖小孩。協議，記得嗎？我帶你去看我的臥房。」

「通姦也是有原則的。絕不上夫妻的床。」

「還不算夫妻的床。將來會是。」

「對於我非凡的本領，我毫無吹噓之興。」

「你一直是個很瘙爛的情人。但照舊。」

「這是什麼說法，賽瑪，好時髦喔，夥計。讓我把可愛的電視打開。我不想錯過任何事。」

螢光幕上的男人已經換了衣服。他正穿著件白袍。他已經不播報新聞了；他現在只講道。他說，「我們眾人都如羊走迷了路，個人偏行己路[17]。」

彷彿配合他的換裝，我也開始鬆開我襯衫上的扣子。

在臥室中，依然能聽見他在繼續嘎嘎叫。在鋪著緞面鴨絨床罩的床上。

「你就像《逃脫》裡的瑙瑪．希拉。」
「閉嘴。來。乖。」
「來了就會乖。」
我們做愛並不成功。
「好糟。」
「喝酒對女人有幫助，」賽瑪說，「但對男人可就糟了。你今天的準備也做得太足了些。你把勇氣全浪費在害怕上。」
「我把勇氣全浪費在害怕上。『看看你做的好事。』」
「解釋一下。」
「那是許多年前一個女人對我說的話。我當時十五歲。一天下午放學後，她叫我進去，並要我趴在她身上。而那就是她在結束時所說的話。『看看你做的好事。』好像我是提出要求的一方。並且用那種口氣，像是在對小娃兒說話。可怕。性是一種醜陋的東西。我決定了。我要禁欲。」

17 譯註：以賽亞書53：6。

「那造就了我們倆。」

「我只能說，我們一直行徑怪異，怪異得太久了。」

「你先開始的，告訴我，你是否真希望我遵守協議？」

「我不知道。就像你聽說的那些故事。女人永遠會和她的第一個男人睡。是真的嗎？我不知道，是真的嗎？」

「那是，」賽瑪說，從床上起身，「無稽之談。」

客廳裡，電視依舊咕噥著。黑人女孩在唱讚美詩。我走到浴室。踩腳墊上寫著防滴水。馬桶座上貼著告示，字裡行間還畫上裝飾的花朵：**紳士們請掀起座墊，女士如廁的時間沒有你想像得長**。一只菸灰缸；一本講浴室和臥室笑話的小書。這兩者老被擺在一起。可憐的賽瑪。我拉了馬桶沖水鍊兩次。

風勢越顯強勁。

「賽瑪，像我一樣軟弱吧。亨利是對的，牧師是對的。全將夷為平地，讓我們歡欣吧。讓我們去海灣，讓我們帶上亨利。之後，如果還有之後的話，亨利會帶我們去他的美麗小島。」

「沒有別的島了。風吹昏了你的腦袋，讓你瞎說。」

其實是電燈的油燈翻倒。一片漆黑，除了電視螢光幕上的藍。風也把牧師的聲音淹沒。賽瑪歇斯底里起來。

「讓我們離開這裡，讓我們回市區。與其他人一起在街上。」

「不，讓我們去海灣。」

在荒無人煙的椰林裡，亨利坐在一片凌亂的塑膠花之間。

「海灣！」

「海灣。」

我們三人開車翻過山丘。我們聽見風聲。我們跑向海灘，聽見浪濤聲。至少這個不可能變。海灘曾經是危險的，因為椰子樹會砸椰子。如今椰子樹大都已砍掉，變成停車場。一個很大的水泥四角亭矗立在海灘上，已遭廢棄：一個失敗的現代化玩意兒：遊客方便設施，卻無實際用處。村子變大了，幾乎一路擴建到海灘，一個靠海的鄉下貧民窟。許多小破屋裡亮著燈。

「我從來沒想到你連海灣都能破壞。」

「我們或許有機會重新開始。」

我們在風裡走著。賤民狗走過來等著，戰戰兢兢地跟著。風送來陣陣腐魚的腥味。我們決定在遊客涼亭裡度過此夜。

在黑暗與狂暴中，黎明勾勒出頹圮廢棄的海灘景象。漁船或斜倚或架起地立在依舊金黃的沙上，但海灘上還有一些黃色的油桶，漁夫裝垃圾用的。這些漁夫的房子全用未上灰泥的黏土空心磚和未上漆的木材建造，一間挨擠著一間，直延伸到乾燥沙地盡頭。沙灘上滿是腳印、污跡，血漬斑斑，就像競技場；而且丟滿魚頭和內臟。癩皮賤狗瘦得皮包骨，毛皮褪成一種難以形容的淡黃褐色，牠們無精打采地夾著尾巴走，從一個黃油桶翻到另一個黃油桶。黑色禿鷹棲息在椰子樹上，壓彎了樹枝；一些笨拙地在沙地上蹦跳；更多在上空盤旋。

亨利對著大海撒尿。

我向他喊著，「我們回去吧。我受夠了，再也無法忍耐。」

「我一直想這麼做，」他說，「在公開場合。」

「你不該自責，」賽瑪說，「早晨向來不太美好。」

的確不好。

我們開回城裡。車子始終在黑壓壓的低矮天空下開著。時間還早，但整個島已經甦醒。街上擠滿人。生平頭一遭颶風，他們頭一個戲劇化的事件，因此他們必須來到大街上，以免錯過任何事情。所有正常的活動都停擺。彷彿前一夜的延續；現在的街上更像水族館，生趣盎然，卻悄無聲息。似乎只有缺席的夜的黯黑，記錄了時間的流逝；只有那，以及隔著敞開屋門——一些屋裡仍亮著無用的燈——和在沒生意的咖啡館內所見，如今是空白的電視機螢光幕。

然後夜又來了。無用的燈又有了用處。黑色天幕上更黑的點在無休止地移動：島上所有的鳥都往南飛。簡直像是最後的遺棄。我們置身於噪音中，不時可以感知房屋的嘎吱、樹木的呻吟，和鬆脱鐵皮的鏗鏘拍動聲。雖然每張臉孔上都不見恐懼。只有驚異和期盼。

電視機螢光幕閃爍著微光。牧師重新現身，疲倦，雙眼疲憊得發光，告訴我們我們已經知曉的事，世界末日到了。

「看哪，」他說，「現在就是拯救的日子。」

整城回應著。起初隱隱約約，就像遠方的教堂鐘聲，鋼鼓樂隊的聲音御風而來。流浪賤狗和那些家裡的狗，開始前後交錯地接力吠叫。腳步開始在地上拖曳。牧師像先知般地斥罵，因努力專注而筋疲力盡。他痛罵；城市因樂聲和舞蹈而震動。

世界即將終結，而迎接這末日的呼聲，是歡悅的呼聲。我們全都開始跳舞。我們看見過去在亨利店裡見過的舞蹈。沒有採棉花，沒有割甘蔗；沒有取水，沒有管弦樂般的和諧哭泣。我們認真地跳著舞。我們做出我們從未想到自己做得到的歪扭動作。

我看見布雷克懷特和蘭納德在跳舞。布雷克懷特不白，不黑，但布雷克懷特變成我們全都喜歡看見的他，一個從努力中解放出來、從自覺的壓力中（藝術家的肖像：部族潛意識）解放出來的人，與世無爭，包容接納，就像蘭納德。我們看見比皮、提皮和奇皮與帕布羅、桑德羅和派德羅手挽著手，彷彿始於椰林的巴結示好持續了整晚；一種如今已失去意義的姿態，一種受颶風新聞震懾，而凝止的行禮如儀態度。基金會的人偶爾來央求布雷克懷特，不過，非出於惡意或者得意，他還是唾棄他們，並且以具個人特色的方式跺腳，直白地表達否定：終究是個孤僻的人。彷彿站在一個沒有高起的舞台上，眼前的舞台無邊無際地延伸，在無窮盡的那一點上，髹漆的地板相接，伴侶關係，追求、爭逐、逃避在我們面前來回搬演。然而蘭納德卻熱誠地舞著，頑固地舞著，就像一個急於掌握正確心情，做正確事的人：儘管努力不懈，蘭納德卻還是老樣子——茫然、親切、無表情。每當與布雷克懷特相遇，他便會與他手勾著手跳舞；而大個子辛克萊，笨重的辛克萊，則在他倆之間搖擺。至於前一天的觀光客群：現在快樂的那對猶若忘了快樂二字怎麼寫，這意味著他們處於相反的情況，而怨憎夫妻，哦，少怨恨多了。而我，無懼於天空和樹木：束手無策的勇氣，勇氣的束手無策，完全沒有反應的反應。

在夷平成舞台的街道上，我們跳舞，等候最後的降福。低低掛在頭上的天空漸漸升高，又壓低。風悅耳地盈灌我們耳內，和緩下來，又再次灌入。我們跳舞並且等候。我們等候並且跳舞。

降福始終沒有到來。我們的舞步疲軟，勞乏磨蝕掉痛苦，但希望沒有被完全磨蝕，就連當從電視機上看見牧師又變成普利斯蘭，從先知變成新聞播報員，從滿腦子只有死亡的人變成只關心殘餘生命的人時也沒有。但我們如何能否認？

我們放棄颶風。我們在街上坐下。天光灰濛，接著轉成銀色。舞台又變回一條街；房子裡有了音量，我聽見比皮、提皮和奇皮在哭泣。帕布羅和小夥子們在安慰他們。

辛克萊拉正他的外套和領帶。在此刻才真正破曉的天光中，他走向蘭納德，把他從布雷克懷特身邊拉開，說，「來吧，蘭納德，來吧，小子。我們已經玩夠了，該回家了！」

「再見，懷特先生，」蘭納德說，「很好，辛克萊，你一直很好。我們走吧。」

布雷克懷特看見此景，一頭霧水。「蘭納德！」他目瞪口呆地說，「蘭納德，那我的黑人小說呢？你答應要幫忙的。你趕走了基金會圈子裡的人。你說我會一無所缺。」

「再見，懷特先生，辛克萊，你覺得如何？」

「蘭納德！你答應資助的！比皮，提皮，奇皮。等等。帕布羅，叫你們這些懶漢呢！帕布羅！比皮！提皮先生！奇皮先生！」

他，曾經被追逐著，如今卻成了追逐者。帕布羅、桑德羅和派德羅從他眼前消失，比皮、提皮、奇皮也是。他追著他們；他們躲他，而且常常六人一起躲。在綿延無絕的舞台上，演著追逐的戲碼，追逐者和六名被追逐者在我們面前逐漸縮小，直到再也不見蹤影。有燦亮的太陽；就有陰影。

我和賽瑪前往椰林。亨利正清理廚房。艾梅達在一旁監督他。他把塑膠花重新排列整齊；並把打碎的花瓶集中起來。

電視機上蓋瑞·普利斯蘭正宣布颶風沒來。但他還是有新聞要報導，有關其他島嶼的毀損消息。他手上有新聞，他掌握事件與死亡數據。他有定格畫面。

在港口，船隻吹起警報解除信號。

馬禾家的女孩又出現，替當地一個香菸品牌打廣告。

當日節目表公布。

「回家。」賽瑪説。

「老漂流木在呼喚。可以在大自然中找到的可愛東西。」

「蓋瑞一定很累。」

「可不是。」

而城市內，每個累壞的人再一次調整自己，順應命運，順應沒有被攔阻的生活，我回到飯店。

希爾頓，希爾頓。

大廳的看板上寫著：下午一點啟航。

摩爾-麥克摩科，摩爾-麥克摩科。

——一九六五年八月

島上的旗幟
V.S. 奈波爾 (V. S. Naipaul) 著；劉韻韶譯 .-- 初版 .-- 臺北市：時報文化，2017.03
面； 公分 .--（大師名作坊；157）
譯自：A Flag on the Island
ISBN 978-957-13-6934-1（平裝）
873.57 106002508

ISBN 978-657-13-6934-1
Printed in Taiwan

大師名作坊 157

島上的旗幟

A Flag on the Island

作者 V.S. 奈波爾 V. S. Naipaul｜**譯者** 劉韻韶｜**副主編** 陳怡慈｜**特約編輯** 陳敬淳｜**責任企劃** 林進韋｜**美術設計** 許晉維｜**內文排版** 李宜芝｜**董事長・總經理** 趙政岷｜**總編輯** 余宜芳｜**出版者** 時報文化出版企業股份有限公司 10803 臺北市和平西路三段 240 號 4 樓 **發行專線**——(02)2306-6842 **讀者服務專線**——0800-231-705・(02)2304-7103 **讀者服務傳真**——(02)2304-6858 **郵撥**——19344724 時報文化出版公司 **信箱**——台北郵政 79-99 信箱 **時報悅讀網**——http://www.readingtimes.com.tw｜**人文科學線臉書**——http://www.facebook.com/jinbunkagaku｜**法律顧問** 理律法律事務所 陳長文律師、李念祖律師｜**印刷** 勁達印刷有限公司｜**初版一刷** 2017 年 3 月｜**定價** 新台幣 350 元｜行政院新聞局局版北市業字第 80 號｜**版權所有 翻印必究**（缺頁或破損的書，請寄回更換）

時報文化出版公司成立於一九七五年，並於一九九九年股票上櫃公開發行，
於二〇〇八年脫離中時集團非屬旺中，
以「尊重智慧與創意的文化事業」為信念。